Joseph Viktor von Scheffel

Fünf Dichtungen

Joseph Viktor von Scheffel

Fünf Dichtungen

ISBN/EAN: 9783743646476

Hergestellt in Europa, USA, Kanada, Australien, Japan

Cover: Foto ©Andreas Hilbeck / pixelio.de

Weitere Bücher finden Sie auf **www.hansebooks.com**

Fünf Dichtungen

von

Joseph Viktor von Scheffel.

———

Zweite Auflage.

Stuttgart.
Verlag von Adolf Bonz & Comp.
1898.

Druck von A. Bonz' Erben in Stuttgart.

Inhalt.

	Seite
Die Mär vom Rockertweibchen	1
Der Brautwillkomm auf Wartburg	23
Die Linde am Ettersberg	41
Prolog für die Festvorstellung im Stadttheater zu Mülhausen i. E. am 19. November 1884	101
Das glückhaft Schiff. (Kaisergruß auf Mainau)	117

Die Mär

vom

Rockertweibchen,

wie sie im

Schwarzwald die Mutter den Kindern erzählt.

I.

Ja, liebe Kinder, nicht von alten Märchen,
Auch nicht von Krieg und teurer Helden Lorbeer,
Aus unsrer Heimat will ich Euch berichten.

Wie, als ich selbst, wie Ihr, in langen Zöpfen
Und kurzem Rock durch Gernsbachs Straßen sprang,
Die Mutter oft uns Kindern es erzählt hat.
Der Mutter wieder hat's die Großmama
Und der die Urgroßmutter einst vertraut!
Denn wie ein altgrau Moos, so heftet sich
Die Sage an die Landschaft, unzergänglich,
Und tief aus hohlen Bäumen oder Bergen
Vermeint der Wandrer Sang und Ton zu hören
Als Nachhall ferner, langverklungner Zeit.

Ihr alle kennt den langgestreckten Rücken,
Der sich genüber von Neu=Eberstein

Mit mächtigen Forsten aufschwingt ob der Murg.
Den Rockert nennt man ihn. Vielleicht entstammt
Des Namens Wurzel alter Keltensprache.
Rocca heißt Fels, Rockhart ein felsiger Wald,
Und Rockertstein des Felswalds höchste Kuppe,
Die frei hinausragt. — Auch in England kennt
Der Sageforscher solche Rockingstones.

Doch alles weiß kein Mensch. Es ist verstruppt
Und finster droben, und ein Trümmermeer
Verwitterten Granits bedeckt den Waldgrund.
Doch wer zur Spitze klimmt, schaut hoch genüber
Der Herrenwies verschneite lange Grinden,
Im Sonnenglanz tief unten Eberstein,
Frei vorn im Duft die Bad'ner Porphyrberge,
Und fern des Rheines lichten Silberstreif. —

In einer Höhlung jener Felswand haust
Das Rockertweiblein. Niemand weiß zu sagen,
Seit wann sie Sitz und Wohnung dort genommen.
Doch raunt das Volk: Einst war sie jung und schön
Und als ein höher Wesen viel verehrt,
Frau Holda sei ihr eigentlicher Namen.
Erst mit dem Alter sei die gute Fee,
Wie es zu gehn pflegt, rauh und unhold worden.

Gern sahen Dorf wie Burg ihr Rockertweiblein,
Denn freundlich und dienstfertig war sie jedem

Und zürnte nur, wo Grund war zum Erzürnen.
Die Wildrer, die im Rockertforste jagten,
Hat sie vertrieben und durch Dick und Dünn,
Durch Dorngestrüpp, durch Hecken und durch Stauden
Auf steilen Abhang strafend irrgeführt.

Doch Fleiß und Ordnung hielt sie hoch in Ehren,
Und hoch den Flachsbau und des Spinnens Kunst;
Der Bauer, wenn er seinen Flachsherbst hielt,
Ließ einen Teil im Feld zurück für sie.
Den spann sie sorglich droben vor der Höhle.
Nach Weihnacht aber, wenn der Schnee in Flocken
Zu wirbeln anhub, sagte man im Thal:
„Das Rockertweibel droben macht sein Bett,
Die Federn fliegen — jetzt kommt sie zu uns —!"

Das war ein Leben in den Spinnestuben
Zu Hilpertsau, zu Reichenthal und Scheuern,
Wenn sie erschien und bracht' als Lohn des Fleißes
Ein Rädlein, fein vom Birnbaumholz geschnitzet,
Und an der Kunkel eine volle Riste,
Mit rosigrotem Seidenband umwunden,
Ein Schleiflein dran, ein Netzgeschirr von Silber;
Im Krebs die Spule, halb schon angesponnen —
Und trieb zur Arbeit: „Spinnt die Spulen voll;
Bis Fastnacht kommt, muß alles fertig sein!
Dem faulen Volk zünd' ich die Rocken an!"

Da ging's voran, da schnurrten und da surrten
Im Takt die Räder; hell erscholl Gesang,
Die Spulen wurden noch einmal so voll,
Der Faden wurde noch so fein und gleich.

II.

In jenen Zeiten war auf Eberstein
 Ein junger Gärtner dienend eingestellt,
Und eine Jungfrau, die man Clara hieß:
Ein schmuckes Paar, in Liebe sich geneigt.
Er pflegte sorglich einen Flor von Rosen,
Die sich die Burg als Schildwehr auserwählt
Und üppig drum im Garten blühen ließ,
Und pflegte sorglich auch des Rebgeländes,
Aus dessen Trauben Eberblut entquillt.
Die Jungfrau spann und wob im Frauensaal.

Wer heute fröhlich von des Burgturms Zinnen
Hinabschaut in das murgdurchrauschte Thal,
Umströmt vom Harzduft seiner Edeltannen,
Erquickt vom Farbenreiz der Rheinthalferne,
Der fühlt: Hier ist ein Sitz des Glücks und Friedens
Und lang entschwunden ist die böse Zeit,

Die nur verspürt des Ebers grimmen Zorn
Und von der Rose nur den scharfen Dorn.

Doch damals war des Glücks nicht viel. Ein Vogt,
Ein harter Mann, befehligte die Burg.
Der zwang die Mägde, in dem Frauengaden
Zu haspeln und zu spinnen Tag und Nacht,
Und gönnt' den Müden kaum den Bissen Brot
Und kaum das Stündlein Schlaf. Drum heißt's im Lied:

„Zu Eberstein im Schlosse, so lang der Burgvogt wacht,
„Da drehen sich und weisen die Spindeln in der Nacht,
„Die armen Mägde nicken, die Müdigkeit sie zwingt,
„Und fahren auf erschrocken, wenn fern ein Pförtlein
klingt.

„Der Vogt ... der Vogt ... wie ist doch der Vogt ein
harter Mann!
„Wir haspeln ihm und spinnen zugleich, was niemand
kann.
„Wär' nicht das Rockertweibchen, wir selber könnten's
nicht;
„Doch schilt er stets und gönnt uns kein freundliches
Gesicht!"

Die Clara war leibeigner Leute Kind
Und schuldete des Vogts Befehl Gehorsam;
Doch wenn sie ihn um baldige Hochzeit bat,

Da sprach er höhnisch: „Wohl, im nächsten Jahr,
Um einunddreißigsten des Monats Hornung!"

Und als die beiden flehend wieder nahten,
Wie er den Hof mit Pfauenschritt durchmaß,
Da führte er sie grimmig vor zum Söller,
Wo sich die Aussicht weitet nach dem Thal,
Strich sich den roten Schnauz= und Knebelbart
Und sprach: „Siehst Du dort unten Dorf und Kirche
Und auf dem Kirchhof das verstruppte Grab?
Dort schlafen Deine Eltern in der Erde,
Und die gehörten unsrer Burg leibeigen,
Sie hatten uns zu dienen und zu fronden,
Wir konnten sie vertauschen und verkaufen,
Du bist ihr Kind und bist, wie sie, uns frönig.
Ja, schau nur hin — Du kannst meintweg auch weinen —
Der Eltern Grab! — — mit Nesseln ist's bedeckt:
Kann ich dafür, daß es nicht Rosen sind?!

Doch bist Du fleißig, Dirne, so schaff dir selbst Dein Glück!
Ich ordne Dir mit Nesseln ein Spinnermeisterstück,
Sie blühen rot und weiß; wenn Du es recht beginnst,
Läßt sich ein Faden drehen, ein wunderzart Gespinst.

Viel Thränen müssen rinnen, daß Du den Faden tränkst,
Du wirst sie wohl gewinnen, wenn Du der Eltern
denkst,

Und webst aus weißen Nesseln ein Nothemd Du für
mich,
Dann magst Du aus den roten das Brauthemd weben
für Dich.

Bis dahin bleibt's beim alten, und Du bleibst ungefreit,
Der Gärtner bleibt im Garten, w i r nützen Deine Zeit.
Erst bring von Nesseltuche die Hemden fertig und fein,
Dann geb' ich meinen Willen, dann soll die Hochzeit
sein!"

So sprach der Vogt, und höhnisch lächelnd wies
Er noch einmal hinüber nach dem Grab
Und ließ tieftraurig sie im Vorhof stehn.

III.

Was bleibt dem armen Kind, wenn es gebeugt
In tiefem Schmerz aufjammert, besseres,
Als betend zu der Mutter Grab zu gehn?
In stillem Zwiespruch mit dem treuen Herz,
Das uns verstand und das uns noch versteht,
Taut milder Trost wie Balsam auf die Wunden,
Die Grausamkeit und Hohn des Lebens schlägt.

Wir atmen heil vom Druck der ird'schen Schwere,
Und Heimweh überkommt uns nach dem Frieden,
Den jene schlafen, die der Erdschoß birgt.

Wie hob sich still an morscher Friedhofmauer
Der Mutter Grab, zu dem jetzt Clara ging.
Kaum scheucht ihr Tritt die bunten Schmetterlinge,
Die dort sich wiegten in der Sonne Glanz.
Ein schmucklos Steinkreuz ragte aus dem Boden,
Epheu und Flieder rankten um die Hügel.
Und alles rings war eine blühende Wildnis,
Von weiß und rotem Nesselkraut durchwuchert.

„O Mutter, gute Mutter, wie bin ich an Hoffnung verarmt!"
Sie warf sich hin mit Schluchzen. — Es hätt' ein Stein
 sich erbarmt.
Und als die Sterne blinkten vom hohen Himmelsdom,
Noch lag sie auf den Knieen, noch floß der Thränen Strom.

Da fühlt sie sich die Locken berührt von sanfter Hand:
Das war das Rockertweibchen, das freundlich neben ihr
 stand!
Es trat zu ihr und hob sie von der Erde
Und fragte nach dem Grunde ihres Grams
Hilfreich und gut, als alte Spinnsaal=Freundin,
Doch als ihr Clara alles treu erzählt,
Was zwischen ihr sich und dem Vogt begab,
Hub sich die Bergfrau stolz und schwer entrüstet;

Und finster ward und finstrer ihr Gesicht,
Die Nesseln riß sie aus dem Grabe aus
Bis auf die letzte — fügte sie zum Busch
Und hob sie drohend mit geschwungnem Arm
Empor zur Burg. „Geh, trockne Deine Thränen,"
So rief sie zürnend mit unsanfter Stimme,
„Geh heim, Du gute Clara; geh und vertraue mir,
Dir soll geholfen werden. Die Hemden spinn' ich Dir."

Und groß und größer hub sich die Gestalt,
Unheimlich braust' es durch die Luft wie Sturm,
Bis hoch am Rockertfelsen sie verschwand.

IV.

Das ist vergnüglicher Jagdgrund, der Schwann
und der Rockertforst,
Dicht säumen Buchen und Tannen des Urgebirgs
rotgrauen Horst,
Des Jagdhorns fragendes Blasen und Rüden=
gebell erschallt,
Daß weit ins Murgthal hinunter dem Flößer es
widerhallt.

Und kommt der Schnee zu schmelzen, so kündet der
Auerhahn stolz
Seiner Liebe Verthörung mit Balzen früh morgens
den andern im Holz.
Tak tak tak, lockt leise die Henne, er tanzt halbblind,
halbverrückt,
Bis sicher gezielt ein Schuß ihn dem Tanz wie dem
Leben entrückt.

Oft klimmt ein fürstlicher Weidmann behend und allen voran
Zur Kuppe und grüßt genüber sein Schloß im schwarz-
dunkelnden Tann.
Sei ihm sein Pirschgang gesegnet und keine Klippe zu steil,
Gott schenk' ihm lange Jahre Frohmut und Weidmanns Heil!

Als Clara von dem Grab der Mutter ging,
Hielt just der Vogt ein großes Jagen ab
Im Schwann und Rockert oberhalb der Murg.

Als wilder Jäger zog er aus zum Weidwerk,
Ein Hut von Zobel war des Hauptes Zierde,
Ein Rock von grünem Sammt sein Pirschgewand.
Sein Köcher war viel guter Pfeile voll,
Und zu der Armbrust stählern glattem Bogen
Bedurft es guten Handgriffs, ihn zu spannen.
Er brachte tüchtige Helfer mit und Treiber
Und eine Koppel Bracken, die im Tann
Jedweden Tieres Spur und Fährte kannten.

So hob sich mit Halli Hallo der Trieb,
Und als der Spürhund einen borstigen Eber
Aus dunkler Liegerstatt zum Fliehen trieb,
Bestand der Vogt, als des Gejägdes Meister,

Mit blankem Schwert die drohende Gefahr;
Denn gar viel unsanft lief und zorniglich
Daz wilde swin den küenen recken ân!

Doch als das Pirschen glücklich war ergangen,
Und laut das Horn zu Rast und Imbiß rief,
Da kam der Zug mit Jägern und mit Treibern
Und wildbeladen vor zum Rockertstein.

Hei seltsam Bild, was sie erschauen mußten,
Was ihren Sinn mit fremdem Graun erfüllt!
Hoch ob der Höhle saß das Rockertweibel
Und ließ das Spinnrad und die Spindel schwirren,
Und sang dazu ein fremdes Zauberlied,
Uralt im Stabreim und im Wortgefüg.

Der Vogt trat vor: „Was schaffst Du, Alte, da?
Gelüstet's Dich, so spät ein Glück zu gründen,
Da, wo der Fuchs der Eule Gute Nacht sagt?
Du spinnst Dir gar ein Brauthemd? Gieb Bericht!"

„Ein Brauthemd und ein Totenhemd, Herr Vogt,
So Ihr's erlaubt," versetzt das Mütterchen.
„Dein Flachs ist schön, doch klebt an ihm ein Makel,
Du hast vom Feld der Herrschaft ihn geraubt!"

„Nicht also, Herr!" sprach wiederum die Alte,
Mein Flachs, der wuchs an einem guten Ort.

Ihr habt den Gottfried drüben doch gekannt
Und seine Frau — das ärmste Paar im Ort,
Auf ihrem Grabe wuchs, was ich verspinne."

Und groß und größer hub sich die Gestalt,
Und aus der Höhle wirbelte ein Staub,
Die Bracken all begannen wild zu bellen,
Als wären auf die Spinnerin sie gehetzt.
Die wandte leise sich und ward nicht mehr erschaut.

Der Vogt ritt heim. Verdorben war und blieb
Sein Jagdfrühstück ... denn im Gewissen saß
Der Alten Wort ihm wie ein Bienenstich.
„Lenk ein, eh Dich's gereut," mahnt ihn die Sorge,
Doch widersprach ihr Hochmut und Verdruß.
Er schwankte lang und kam nicht zum Entschluß.

V.

Und wie so mancher, wenn ihn Unmut plagt,
Zum Keller schreitet und ein Faß ansticht,
Und Weisheit sich im Weine holt und Rat,
So schuf der Vogt sich Kurzweil und Zerstreuung
Daheim mit seinen Freunden beim Pokal.

An Ebersteins Geländ wächst guter Trost:
Wie Feuer glüht das rote Eberblut,
Und wie Karfunkel blinkt's im Stengelglas.
Noch heut erquickt der Wandrer sich daran,
Der steigensmüde in der Vorburg Rast hält,
Und dankbar leert er seinen ersten Becher
Dort auf des Burgherrn und der Seinen Wohl.

Fest saß der Vogt mit seinen Zechgesellen
Im Rittersaal am krügeschweren Tisch,
Wo durch der Erkerfenster runde Scheiben
Der Sonne Goldschein auf die Humpen fiel.

Da klopft es fröhlich an die Eichenthür,
Und wer trat ein? — Wer malt die Wonne ganz,
Die auf dem Angesicht des Braven strahlt,
Dem nach ratlosem Dunkel der Verzweiflung
Die Hoffnung siegreich wiederkehrt ins Herz?

Schön Clara war's. Hoch in den Händen hielt
Dem Vogt die Nesselhemden sie entgegen,
Geziert und blank, wie er sie selbst bestellt.
Weiß war das eine, fein wie Schwanenflaum,
Seltsame Runen waren drein gewoben,
Wie man es pflegt bei einem Notgewand:
„Mit Bildern, Zeichen, schaurig fremd,
Ein weißes, ein weites wallendes Hemd."

Rot war das andre, und ein goldner Saum
Zog schimmernd sich um Kragen, Brust und Ärmel,
Ein altertümlich schmuckes Festgewand.

So stand sie lang und sprach kein Wort dazu,
Doch ihres Aug's bescheiden stolzer Blick
Sprach alles, und dem Vogt ward schwer zu Sinn,
Doch hofft er wegzuscherzen das Geschick,
Bracht' ihr den Becher wie zum Glückwunsch dar
Und sprach: „Es sei! — Wo ist der stärkste Mann,
Den nicht der Frauen List und Kunst bezwingt,
Denn Hexen seid Ihr alle miteinand —

Du hast gesiegt, mein Wort ist Dir verpfändet,
Behalt Dein Brauthemd lustig; morgen schon
Geb' ich Dich frei und richte Hochzeit ein
Und Haus und Wohnung der Frau Gärtnerin!
Ich aber will Brautführer sein im Zug
Und will als Festleibrock das Nothemd tragen;
Es wird für mich fürwahr kein leichter Tag!"

VI.

Schalmeienklang und schrille Geigenstriche
  Begrüßten des ersehnten Tages Frührot,
Und festlich ordnete im Hof der Burg
Zum Kirchengange sich der Hochzeitzug.
Der Musiker aufrichtige Freude ließ
Die Falschheit ihrer Töne ganz vergessen.

Ein schmucker Knabe schwang den Leitstock hoch,
Mit Blumenkranz und Bändern reich geziert,
Die Braut erschien im Schmuck der Schapeltracht,
Das Schapelkrönlein blitzte auf dem Haupt,
Geziert mit Flitterschaum und farbigen Steinen,
Der Schapelgürtel prangte goldgestickt,
Die Rechte trug den Zweig von Rosmarin.

Der Bräutigam im weißen Linnenrock
Hatt' einen großen, selbstgezognen Strauß
Sich vor den roten Brustlatz vorgesteckt

Und sah vergnüglich drein und dachte sich dazu:
„Es gärtnet wohl nicht ungut sich selbzweit!"

Als Ehrenmägde schritten mit der Braut
Die Jungfraun alle aus dem Frauensaal,
Mit denen sie so manche Kunkel spann.

So trat die ganze Schar zum Turm des Vogts
Und brachte ihm ein Morgenständchen dar;
Hellauf erklang des Hochzeitsliedes Weise:
„Wie fröhlich will ich sein, wenn's dir und mir wohlgeht,
Wenn unser jung frisch Leben in hoher Freud' aufgeht."

Erwartend, daß er bald heruntersteige,
Als Oberster und Herr den Zug zu führen,
Begann man ungeduldig schon zu raunen:
„Wo bleibt der Vogt? Wann kommt der Vogt zum
　　　　　　　　　Festzug?"

Der Vogt kam nicht. Das Ständchen klang zu Ende.
Der Vogt kam nicht. Da plötzlich, schrill und graus
Erscholl ein Sterbeschrei vom Turm zum Hofe.
Denn als er sich bereit zum Kirchgang machte
Und in des Rockertweibchens Nothemd fuhr,
Da brach er jäh zusammen — „Wehe, Weh!"

Wie Flammen brennt's, wie glühend Eisen brennt's,
Und schnürt sich um ihn wie ein Feuerpanzer...

Wie giftige Lohe zischt der Nesselfaden
Und haftet fest — umsonst versucht die Faust,
Ihn abzureißen — weiter sengt die Glut,
Sengt tief und tiefer und verzehrt ihn ganz:
Sein Nesselhemd ward ihm zum Nessushemd!

So spinnen jedem sich des Schicksals Fäden,
Hier klingen Hochzeits-, dort die Sterbeglocken,
Doch ewig gleich, unabweisbar stillwaltend
Ob allem, was da ist und war und sein wird,
Steht Gottes Allmacht und Gerechtigkeit.

Der Brautwillkomm auf Wartburg.

Lyrisches Festspiel.

Sängersaal der Wartburg.

(Zwerge, Gnomen, Wichtelmänner — sind eifrig beschäftigt, den Saal zu schmücken, die an den Wänden hangenden Musikinstrumente, Schilde, Waffen blank zu machen zc. zc.)

Auf der Sängerlaube schlummert Frau A v e n t i u r e.

Gnomen-Chor.

Wir kränzen die Lauben
 Und scheuern und stauben
Die Harfen, die lange geruht an der Wand.
Die blanken Pokale,
Der Festglanz im Saale
Verkünden ein Glück heut der Burg und dem
 Land.

Wächterruf von den Zinnen.

(Horn und Schalmeien.)

Heia ho! Willkomm zum Feste!
Der Burg ist Heil geschehn,

Daß sie so werte Gäste
Bei sich darf einziehn sehn.

(Die Gnomen haben der beim Wächterruf sich erhebenden Frau Aventiure eine Harfe gebracht und umstehen sie aufmerksam lauschend.)

Frau Aventiure.

Mit Deutschland will sich neuen
Thüringens Fürstenstamm.
Nun ruf' ich meine Treuen
Zum Brautgruß hier zusamm'.

(Phantastische Weise, leise beginnend, voll endend.)

Ihr, die in Lied und Sage
Der Wartburg zugehört,
Gestalten fernster Tage,
Herbei, herbei!
Ihr wißt, wer Euch beschwört!

Die gerufenen Gestalten beginnen zu erscheinen. Ihnen gesellen sich im verschiedentlichen Wirrwarr ab- und zugehend die Gnomen.)

Erste Gruppe:

Die Gestalten der ältesten Ortssagen.

Frau Venus und Gefolge

(scheu unheimlich vorüberziehend).

Süß lockende Reigen
Müssen erschweigen,

Anderer Zauber beherrscht diesen Ort.
Fort in das Berggeklüft, Freundinnen fort!

(Frau V e n u s und Gefolge ab.)

Der getreue Eckard
(fröhlich nachfolgend).

Hab' nicht mehr viel zu schaffen
Im Hörselberggeheg';
Ich seh' ein Volk in Waffen
Und auf dem rechten Weg.

Nur Eins ist noch zu warnen,
Das warnt sich nie genug:
Laßt Euch nie mehr umgarnen
Von fremdem Lug und Trug!

(Ab.)

(Gnomen schleppen die verzauberte P r i n z e s s i n herbei, prächtig gekleidet, mit goldenem Haarkamm die Locken strählend.)

Gnomen=Chor.

Die Prinzessin han' verzaubert wir gefunden
Im verfluchten Loch, in der Felsspalte drunten.
Sie kann nicht sprechen, nur niesen.

Prinzessin
(kämmt sich und niest).

Hazzüh!

Gnomen-Chor.

Gott helf!

Prinzessin.

Hazzüh!

Gnomen-Chor.

Soll das vielleicht
Ein Glückwunsch sein?

(stark.)

Gott helf!

Prinzessin.

Hazzüh!

Gnomen-Chor.

Noch nicht genug?

(stärker:)

Gott helf!

Prinzessin.

Hazzüh!

Gnomen-Chor.

(Sehr stark.)

Verfluchtes Ding, Du thust uns Leid.
Nies Du in alle Ewigkeit!
Daß Dir ein andrer helf!!!

(Prinzessin ab.)

(Man hört noch ein entferntes, wie aus dem Berg kommendes: Hazzüh.)

König Attila und Chriemhilde treten ein als Königspaar mit hunnischem Gefolge.

König Etzel.

Schön warst Du wie Frau Helge,
Als ich den Brautkuß bot,
Doch an dem Himmel glühte
Ein blutig Abendrot.

Chriemhilde.

Mein Haupt trug Deine Krone,
Mein Herz war niemals Dein!
O Siegfried, edler Degen,
Mein Herz war stets am Rhein.

(Beide mit Gefolge ab.)

Frau Aventiure
(mit den Gnomen).

Uralte Märchenwelt,
Längst schon vergessen!
Könnt Euch nicht mit den Späteren messen.

Als zweite Gruppe
der von Frau Aventiure Gerufenen erscheinen:

Landgraf Hermann I. von Thüringen und die sieben Sänger des Wartburgkrieges.

(Jeder Sänger läßt nach Beendigung seines Gesanges durch den Sängerknaben eine Brautgabe auf die Stufen des Sitzes der Frau Aventiure niederlegen.)

Festmarsch.

Landgraf Hermann.
(Erst zu den Eltern des hohen Paares gewendet:)

Wenn sich in frohen Bahnen
Die junge Welt bewegt,
Geziemt es, daß den Ahnen
Das Herz sich freudig regt.

„Heil walte!" einst der alte
Biderbe Burggruß war:

„Heil walte!" Gott erhalte
Dem Land dies schmucke Paar!

(zu den sieben Sängern:)

Ihr aber, Ihr Lieben,
Ihr meine Sieben,
Seid Ihr bereit?

Chor der sieben Minnesänger.

Wie immer — bereit!
Ohne zu kriegen,
Friedlich bereit!

(Harfen werden gestimmt. Eine musikalische Einleitung geht dem friedlichen Wettgesang der sieben Meister voraus.)

Wolfram von Eschenbach.

Als wir mit deutschen Klingen
Geführt manch guten Streich,
Galt auch das erste Singen
Dem Kaiser und dem Reich.
Dem Herrn der Herrn sei Ehre,
Denn Großes ist geschehn;
Ich seh' in neuen Farben
Des Reiches Banner wehn
Und wieder treu beim Kaiser
Thüringens Landgraf stehn.

(Der Sängerknabe übergiebt einen silberbeschlagenen Prachtband.)

Heinrich von Ofterdingen.

(Weich, fast wehmütig, gegen das Brautpaar.)

Hab' ich geträumt? Klang hier nicht meine Laute?
Dort winkt die Halle, der ich einst entfloh.
Dies ist der Palast, den Fürst Hermann baute,
Und doch so neu, so kunstverjüngt, so froh.

Wie preis' ich Euch, fremdliebliche Gestalten!
Wer ist, den nicht das Glück des Hauses rührt?
Wo wir gekriegt, will Schönheit friedlich walten.
Heil allen, die sie neu hier eingeführt!

(Mit einem Strauß Edelweiß.)

Walter von der Vogelweide.

(Melodisch, fröhlich. Minnelied.)

Beim Scheiden der Sonne erschimmert
Der Metilstein freundlich und klar;
Dort ragen der Mönch und die Nonne
Versteinert als Felsenpaar.

„Heil, Heil den Neuvermählten!"
Sprach Mönch und Nonne zu mir:
„Wir hoffen, die beiden besuchen
Recht bald unser tannig Revier.

Da breitet sich ihnen zu Füßen
Ihr Erbland in wonnigem Schein —
Und wenn sie auch wacker sich küssen,
Sie werden drum nicht gleich zu Stein."

(Landschaftsbild wird dargebracht.)

Der tugendhafte Schreiber.

(Im Kanzlergewand. Serios. Pedantisch.)

Ich schrieb allzeit nur wenig,
Doch allzeit tugendhaft
Und hab' die Kleinode verzeichnet,
Die sich der Burgschatz beschafft.

Ich schreib' in meine Register
Mit der Aufschrift: Paula — heut ein:
Der Wartburg ist erworben
Ein neuer Edelstein.

(Eine Truhe für Schmucksachen und ein altertümliches Schreibzeug.)

Biterolf und Schmied von Ruhla.

(Biterolf als Jäger mit der Armbrust. Der Schmied als Waffenschmied, volkstümlich, thüringisch.)

Duett.

Thüringens Wälder senden
Den Weidmann und den Schmied,

Brauthuldigung zu spenden
Mit Gaben und mit Lied.

(zur Braut:)

Vor hohem Frauenbilde
So tugendlicher Art
Singt Ruhlas Grobschmied milde:
„Jung Landgraf werde zart!"

(zum Erbgroßherzog.)

Doch will's im Westen dämmern
Und streicht ein Feind den Bart,
Herr Major, dann wollen wir hämmern:
„Jung Landgraf, werdet hart!"

(Sie bringen als Vertreter des Thüringer Waldes Huldigungsgaben der Ruhlaer Industrie dar.)

Reimar der Alte.

(Morgenständchen:)

Wo liebende Herzen sich innig vermählt,
Hat Reimar, der Alte, niemals gefehlt,
Sein Tagelied hütend zu bringen.
Wenn früh ob dem Bergfried die Sonne ersteht,
Gedenkt er erst Euer im Morgengebet,
Dem Wächter verbeut er zu singen.

(Übergiebt sein Lied als Autograph des Komponisten auf Pergament mit Initialen.)

Klingsohr aus Ungarland
(im Talar als Astronom).

(Anapästisch lebhaft:)

Zwei und siebenzig Ströme am Himmel
Sind breit mit Sternen besät,
Der Weltkörper funkelnd Gewimmel,
Nach dem unser Schicksal sich dreht.

Ich bin auf dem Söller gewesen,
Da leuchtete silbern ein Schein,
Es steht in den Sternen zu lesen:
„Ihr werdet glücklich sein!"

(Übergiebt ein Fernrohr.)

Alle.

Es steht in den Sternen zu lesen:
„Ihr werdet glücklich sein!"

Frau Aventiure
mit den Gnomen.

Dank Euch, Ihr Braven!
Lang selig entschlafen,
Tönt heute wieder süß wie der Nachtigall Sang
Ein frisch' Tirilieren den Bergwald entlang.
Doch schaut! — Wer naht?

Alle.

(Ehrfurchtsvoll sich neigend:)

Elisabeth!

Die heilige Elisabeth ist eingetreten, als Landgräfin, die Krone auf dem Haupt, ihren Sohn Ludwig an der Hand, von dienenden Frauen begleitet.

(Ein großer Korb mit Rosen wird dargebracht.)

(Hymnentöne.)

Die heilige Elisabeth.

Verehrt Ihr mein Gedächtnis,
So thut, wie ich gethan:
Mein heiliges Vermächtnis
Ist jeder sieche Mann.

Den Frommen, Hochmutlosen
Wird Wunderwirken leicht —
Es wandelt sich in Rosen,
Was Ihr der Armut reicht.

Ich that in Frauen Weise,
Was ich erkannt für Recht — — —
— Nun wandelt die Ahnfrau leise
Und segnet ihr Geschlecht.

Kurze Pause, durch Musik ausgefüllt.

Ein Lied ohne Worte.

Während der letzten Zeilen haben alle gekniet. Beim Verklingen der Musik erheben sie sich und treten rasch zurück — während

Frau Aventiure

spricht:

Zurück nun Vergangenheit!
Nah' uns, du neue Zeit,
Segne auch Du das geschlossene Band!

(Frau Aventiure ab)

(Unter Voranschreiten der Eisenacher Kurrendschüler — Martin Luther, gefolgt von Gestalten der Reformationszeit: Rittern, Eisenacher Ratsherrn, Bürgern, Thüringischem Landvolk.)

Anklänge an den Choral:
„Ein feste Burg ist unser Gott!"

Chor der Kurrende.

Als Letzter kommt zum Feste
Ein starker Gottesmann,
Der auch auf dieser Veste
Manch gutes Lied ersann.

Luther.

(Als Junker Georg, in ritterlicher Kleidung mit der Laute. Weihevoll und würdig, in Kirchenliedes Weise:).

Mich schmückt im Wartburgfrieden
Nicht Kutte noch Talar,
Ich bring als Gast den Gästen
Des Hausfreunds Glückwunsch dar.
Sei mir gegrüßt, mein Pathmos,
Friedrich des Weisen Berg,
Wo mich das Ritterstüblein
Verbarg als Junker Görg.

Heut brummt kein dunkler Dämon
Als Fliege um mich her,
Und auch des Tintenfasses
Bedarf's zum Wurf nicht mehr.
Die Welt ist licht erhellet,
Und licht erstrahlt dies Haus, —
Da Liebe Euch gesellet —
In alles Land hinaus.

Es ist der Stand der Ehe
Ein großer, seliger Stand,
Und selig, wer ihn antritt
Im großen Vaterland.
Wo Gottesfurcht und Wahrheit
Gedeiht, hat's wenig Not:

Eine feste Burg ist Wartburg,
Die festeste ist Gott!

Und kommen böse Stunden,
O hütet Euch vor Schuld!
Die Welt wird überwunden
Durch Liebe und Geduld.
„Ich will nicht Gold und Silber,"
Spricht Liebe, „nur dich allein,
Und will in deinem Herzen
Ganz einbeschlossen sein."

Der Mann sei gleich dem Eichstamm,
Den Sturm und Blitz nicht zwingt;
Die Frau die liebe Rebe,
Die süße Trauben bringt,
So steht im Segen Gottes
Der junge Ehestand —
Und mit mir freut sich Euer
Das große Vaterland!

Choral, auch vom Turm. Großes Schlußtableau, darin erscheint Frau Aventiure mit den Ihrigen wieder.

Alle Anwesenden

wiederholen im bewegten Chor die vier letzten Zeilen von Luthers Lied.

Die
Linde am Ettersberg.

Lyrisches Festspiel

zur Feier des 25jährigen Regierungsjubiläums Seiner
Königlichen Hoheit des Großherzogs

Karl Alexander

zu Sachsen-Weimar-Eisenach

am 6. und 7. Juli 1878.

Personen:

Landmann.

Frau

Tochter.

Lehrer mit gesang- und tanzfähiger Jugend.

Gruppen Vorüberziehender:
- a) 3 Jungfrauen.
- b) Bauern von Ifta.
- c) Forstleute und ein Bergmann von Ilmenau.
- d) Ingenieure und Leute der Verkehrsanstalten.
- e) Gewerbetreibende von Apolda, Neustadt a. O. u. Ruhla.
- f) Baugewerke von Eisenach.
- g) Spaziergänger der Hauptstadt.
- h) Studenten von Jena.
- i) Leute aus der Rhön.

Die Geschichte.

Erster Herold.

Zweiter Herold.

Dritter Herold.

Die sieben Künste:
- Architektur.
- Skulptur.
- Malerei.
- Musik.
- Tanz.
- Schauspielkunst.
- Poesie.

Musikanten und Tanzende.
Gestalten lebender Bilder.

Ort:

Ländliche Gegend am Ettersberg.

Zeit:

6. und 7. Juli 1878.

Erste Scene.

Ländliche Gegend am Ettersberg. Rechts vorn Wohngebäude, gegenüber die Linde, die nur zur Hälfte sichtbar, in halber Stammeshöhe mit einer Bretterlaube versehen ist, zu der einige Stufen emporführen. Diese kleine Emporbühne ist der Ort, von welchem die Kinder das Tanzlied singen. Laube und einige Lindenäste sind mit Guirlanden von Rauten und Kornblumen geschmückt und einer Dekoration: das sächsische Wappen, deutsche, sächsische und niederländische Fähnlein. Die zum Tanz Erscheinenden tragen (wie in Süddeutschland am Feste der Kräuterweihe) Kränze von gelbblühenden Rauten (ruta graveolens) im Haar. Rechts und links zur Seite sind Tische, an welchen während Scene 2 und 3 die in Scene 1 Auftretenden sich gruppieren. Landmann, Frau und Tochter sind im Begriff, die Dekorierung zu vollenden.

Landmann.

So recht, mein Baum, du Zeuge unsrer Freuden,
 Sei heut auch du zum Feiertag geschmückt
Und spreit den Wandrern, die vorüberziehen,
Dein Schattendach und zeige allem Volk,
Daß auch in unsrem abgelegnen Berghang
Man mit dem Herrn des Landes denkt und fühlt

Und Leid wie Freude treulich mit ihm teilt!
So recht! He, Frau, dort links noch einen Nagel,
Daß wir den Hauptkranz besser dran befestigen!
..... Der gute Herr! Wie mag ihm heute sein,
Wenn alles fährt und rennt und wogt zur Hofburg
Und jubelnd Glückwunsch sich auf Glückwunsch drängt.

Frau.

Das wird ein Leben werden! Schon bevor
Das Frührot Haus und Giebel vollbesäumt',
Drang Widerhall von krachendem Salutschuß
Den Berg herauf und weckte uns vom Schlummer.
Nach einer Weile, 's war so feierlich
Und morgenstill wie selten, kam von fern
Posaunenklang. Sie bliesen von dem Kirchturm:
„Lobpreiset Gott, denn er ist freundlich stets
Und seine Güte währet ewiglich!"

Tochter.

Und still und herzlich hab' ich mitgebetet
Und freu' mich jetzt auf das, was weiter kommt.
„Bet und arbeite!" lautet unser Spruch,
Doch heute sind die Kuchen schon gebacken,
Der Festtagspruch heißt: „Bet und freue dich!"

Lehrer mit **Schuljugend** tritt auf. Von jugendlichen Stimmen wird noch vor ihrem Erscheinen auf der Bühne die erste Strophe des Tanzliedes gesungen:

> O Sommerlust, bei Finkenschlag
> Zum Ettersberg zu klimmen,
> Wir grüßen Deinen Ehrentag,
> O Fürst, mit hellen Stimmen.

Lehrer.

Grüß Gott, Herr Nachbar! Laßt Euch nicht erschrecken
Vom Lärm und Tosen meiner kleinen Schar.
Sie meinen's gut! Wir ziehn zur Bergesecke
Und zünden nächtlich heut ein Freudenfeuer,
Das weit ins Land mit hellem Schimmer leuchtet,
Als ob der Berggeist dieser reinen Höhen
Mit uns sich freue. Doch der Tag ist heiß heut,
Und Ihr vergönnt uns wohl, in Eurem Schatten
Nach altem Brauch ein Festlied und ein Tänzlein.
Wo sind die Söhne, die ich sonst erschaute?

Frau.

O Herr und Freund —, die waren nicht zu halten,
In aller Früh' schon zogen sie zur Hauptstadt.
„Dort weilt heut unser Kaiser," sprach der erste,
„Und wer des Kaisers Rock in Ehren trug
Und seine Schlachten treu und mannhaft schlug,

Der stellt sich überall mit Freuden wieder,
Wo's gilt, den hohen Kriegsherrn zu begrüßen."

Landmann.

Und auch der zweite mit der alten Narbe,
Die ihm bei Wörth die Feindeskugel riß,
War wie verklärt. „O Vater," sprach er, „immer
Zuckt noch der Schmerz, wo einst mein Blut verströmte.
Es war der heißeste der heißen Tage,
Da wir im Sturm die Elsaßhauser Höhen
Genommen und hinübersahn aufs Schlachtfeld
Voll dichten Qualms und glühen Feuerscheins.
Doch hab' ich dort mein Leben halb gelassen,
Sein ganzes giebt ein braver Vierundneunz'ger
Dem Kaiser gern; ich will ihn wieder sehn
Und unsern Fritz, bei unsrer Kämpfe Denkmal.
So weit's auch ging — von Wörth vorwärts bis Sedan
Und von Paris hinab bis zur Loire,
Wo Artenay noch harte Arbeit schuf . . . . .
Des Kaisers Vorbild war zum Sieg der Leitstern."
Beifall der Anwesenden.

Lehrer.

So recht, so recht! Es fall' süß oder sauer,
Steh fest zu Reich und Kaiser, deutscher Bauer!
Es ziemt sich wohl, wo Deutsche froh vereint sind,

Daß als des Tages erste, beste Weihe
Sie dessen denken, der uns alle schirmet,
Die Hand am Schwert als Oberjubilar.
Gott sei gedankt, das Reich steht wieder fest
Und am Kyffhäuser fliegt kein Rabe mehr!

Frau.

So ist auch unsre Meinung, und als Schmuck
Muß unser Baum noch einen Kranz erhalten
Der blauen Blumen, die der Kaiser liebt.
Den häng ich schnell noch über allen auf
Zu Ehren ihm und der Frau Kaiserin,
Die ist ja unsres Stammes teurer Sproß!

Guirlande von blauen Kornblumen (centaurea cyanus) wird
angefügt.

Oft sah ich einst im Wilhelmsthaler Park
Als zarte Jungfrau sie bergauf sich tummeln;
Des Hirschsteins höchste, stärkste Buchen standen
Wie Waldesgrenadiere um den Platz.
Und als ein echt thüringisch Landeskind
War sie vergnügt bei Finkenschlag und Moosduft.
Ihr Jugendbildnis trug den schönen Spruch:
    „Lieblich und zierlich, ruhig und hold —
    Ihr sind die Treuen sicher wie Gold."
Gott hat sie hoch gekrönt seitdem, es ist
Ihr Tagewerk nicht müheloser worden . . . . .

Doch heute weilt die Schwester bei dem Bruder,
Weil sie ihn gern hat! Segne Gott ihr Thun,
Lang leb' Augusta, Deutschlands Kaiserin!

Zustimmung der Anwesenden. Kinder sind unterdes auf die Laube in
der Linde emporgestiegen, um von dort weiter zu singen.

Ein Knabe,

herabrufend:

Wir sind bereit, Herr Lehrer, ist's erlaubt,
So singen wir das Festtagslied.

Tochter.

Halt an, Geduld, es kommen ihrer mehr,
Die Luft geht rein, weither schon trägt der Wind
Des Bahnzugs Schnauben, der die Fremden bringt.
Man sollt nicht glauben, daß so vieles Volk
Am Ettersberg vorüber schwärmen könne.

Es ziehen viele Gruppen verschiedener Vertreter des Landes und seiner
in der 25jährigen Regierungszeit geförderten Interessen vorüber. Die
kurzen Verse, welche dieselben sprechen, müssen in raschem Marschtempo,
wie im flüchtigen Vorüberziehen, und mit entschiedener Betonung
gesprochen werden.

Erste Gruppe:

Drei Jungfrauen

in einheimischen Kostümen (eine in kurzem, rußlanischen Rautelrok und turbanartigem roten Kopftuch) mit großen Sträußen.

Nach der Großherzoglichen Loge:

Alle drei.

Uns haben zur Reise —
Den Strauß in der Hand —
Des Landes drei Kreise
Glückwünschend gesandt.

Erste.

Flora, die bunte,
Gab dem die Gestalt,
Heimatlich im Bunde
Mit Wiesen und Wald.

Zweite.

Der Tautropfen blitzet,
Auf Bergblumen schön,
Durch Schnee ließ sie sprossen
Der Genius der Rhön.

Dritte (Ruhlaner Kostüm).

Mit Nelken kommt Ruhla,
Mit Rosen Marksuhl;
Was wär' ohne Nelken
Die lustige Ruhl?

Alle.

Ein Lied ohne Worte
Zum Strauß ist's gepflückt,
Weil Dir die Verschönung
Des Landes geglückt.

Zweite Gruppe.

Bauern von Ifta, Mihla, Schnellmannshausen etc.

Zäh, hager und mager,
Von Hünengestalt,
Die stämmigen Schultern
Von Locken umwallt.

Den Kamm in dem Haupthaar,
Den Dreispitz darauf,
In Hosen von Leder,
So rücken wir auf:

Im Haus wie am Pfluge
Stets aufrecht und echt —
Die Bauern von Ifta,
Ein strammes Geschlecht!

Dritte Gruppe Vorüberziehender.

Waldhornklang.

Forstleute in Gala und ein Bergmann.

Lehrer,

dem Zugführer die Hand schüttelnd:

Hoho! mein lieber Weidmann, wo wollen wir hinan?

Forstmann,

ebenfalls neckisch:

Hin, hin! zum Ettersbergschlag A und Nummer 6.
An seinen grünen Buchen
Wollen wir den edeln Hirsch suchen.
Allhier bei diesen Linden,
Da wollen wir ihn finden.
An der Stechpalm und bei den Birken,
Da wollen wir ihn zerwirken.

Lehrer,

heiter:

Es wird heut nicht gefährlich sein,
Ich seh' Euch nicht mit Hunden.
Wenn die Jäger ziehn zu Tanz und Wein,
Da mag der Hirsch gesunden.
Doch Ihr habt recht, Ihr dürft Euch wohl bedanken,
Der Försterei ergeht's bei uns nicht schlimm.
Weither aus ganz Europa kommen Schüler,
Die Lehranstalt des Staates zu besuchen
Und Eisenachs und Wilhelmsthals und Ruhlas
Lehrforste als Waldpfleger zu durchwandern.
Drum seht Ihr auch an Saalfelds Hause drüben
Die schwarzgelbgrüne Fahne aufgehißt
Ob des vieleckigen Türmleins flachem Dache.
Von hier bis Allstedt, Berka, Tautenburg,
Neustadt, Marksuhl und Zillbach schallt der Ruf.

Forstmann.

Ja, das weiß Gott! Wir tauschen auch mit niemand.
Geh hin und schau den Ettersburger Saal,
Wie der ein Zeughaus ist von Pirschgewehren,
Wo als der Wände und der Säulen Schmuck
Nur Hirschgehörn an Hirschgehörn sich reiht —
Bis zum gewalt'gen Einundzwanzigender:
Der zeigt Dir, daß nicht bloß tabellenschreibend,

Daß auch als flotte, hirschgerechte Jäger
Wir fröhlich rufen unser Weidmannsheil!
Heil Ihm, der Wald und Wild mit Weisheit heget,
Der uns so manches schmucke Forsthaus baut
Und allezeit mit Jägermut vorangeht!

Mit Waldhornklang ab.

Der Bergmann,

gegen die Großherzogliche Loge gewendet:

Gern im Hauch der Morgenröte
Schreitest Du durchs Moos die Bahn,
Wo Karl August einst mit Goethe
Waldfroh schoß den Auerhahn.

Nicht mehr schürft des Bergmanns Haue
Der Sturmheide Silbererz,
Doch die Bergstadt Ilmenaue
Birgt noch manch getreues Herz.

Auf des Kikelhahnes Gipfeln
Huldigt hoch ob Dach und Fach
Unter immergrünen Wipfeln
Die Gemeinde Gabelbach.

Vierte Gruppe.

Ingenieure, Eisenbahnleute, die Verkehrsanstalten bezeichnend.

Ihr Zugführer.

Der Menschheit zu dienen,
Entbot uns der Staat,
Mit eisernen Schienen,
Mit kupfernem Draht.

Wir brücken die Klüfte,
Wir höhen den Damm
Und winden durch Grüfte
Der Berge uns stramm.

Die Werra, die Saale,
Die Unstrut erschaut
Geleise im Thale,
Die wir ihr erbaut.

Schon haben wir Jena
Und Gera erreicht,
Und Ilmenau=Arnstadt
Vollbringen wir leicht.

Beschient ist die Aue,
Beschient wird der Wald,

Beschient wird das rauhe,
Das Oberland bald.

Ob Felsen uns drohen,
Wir sprengen sie weg
Und bahnen der frohen,
Der Neuzeit den Weg!

Fünfte Gruppe.

Gewerbtreibende aus Neustadt a. O., Ruhla, Apolda.

Apoldaer
mit einer Glocke.

Ziemt sich für Weimar als sein bester
Ruhm der Name Ilm-Athen,
Lassen sich als Deutsch-Manchester
Flott Apoldas Söhne sehn.

Häuser bauen sie wie Schlösser,
Die Geschäfte gehn brillant,
Täglich wird der Absatz größer,
Gutes nur wirkt ihre Hand.

Wollenwaren, Strümpfe, Socken
Und viel Feinstes wirken sie

Und die Jubiläumsglocken
Gießt Apoldas Industrie.

Mit leichtem Anschlag der Glocken ab.

Neustadt a./O.
mit Tuchballen.

Tuch und Leder produzierend,
Dankbar für die Eisenbahn,
Rückt gewerbsam jubilierend
Neustadt an der Orla an.

Wo viel ist, kann viel noch werden,
Hoffen wir, daß mehr gelingt,
Seit nach Neustadt, Triptis, Weida
Sich die Eisenschiene schwingt.

Ruhla.
mit Ruhlaner Pfeifenköpfen.
Schalkhaft, etwas im Dialekt:

Fink und Dompfaff vor dem Fenster,
Innen Traum und Schaum und Rauch,
Und zum Drechseln lustig singen
Ist der lustigen Ruhl Gebrauch.

Wenn ein jeder, dessen Meerschaum
Einstmals Ruhla fabrizierte,

Heut in jedem Teil der Erde
Sich sein Pfeiflein zünden würde,

Eine Rauch= und Opferwolke,
Wie die Welt sie nie gesehn,
Schwebte hoch ob allem Volke
Riesig zu des Himmels Höhn.

Sechste Gruppe.
Baugewerker mit Modell der Wartburg.

Leicht an den Eisenacher Dialekt anklingend:

Das Handwerk lobt den Bauherrn
Von Wachsamkeit und Glück;
Der wies mit seinem Burgbau
Der Welt sein Meisterstück.

Nun kommen angefahren
Die Fürsten mit Gefolg,
Der Künstler helle Scharen,
Touristen, Gründer — und Volk.

Und wer mit heiler Börse
Ein Wagnis wagen kann,
Baut im Marienthale
Sein kleines Wartbürgel an.

Respekt dem Herrn Landgrafen,
Daß Er gewacht und gedacht!
Hätt' Er die Zeit verschlafen,
Wir hätten's n i ch t gemacht!

Lehrer.

Das glaub' ich wohl, Herr Oberbauhandwerker,
Dazu braucht's etwas mehr, als Mörteltragen!

Siebente Gruppe.
Zwei Spaziergänger der Hauptstadt
in eifrigem Gespräch.

Erster.

Eins auch laßt uns nicht vergessen,
Was ein Hort bleibt in Gefahr:
Daß sein Scharfblick stets bemessen,
Wessen Rat der beste war.

Wohl mit Recht betont man nunmehr
Trefflicher Regierung Ruhm,
Doch untrennbar von dem Fürsten
Ist sein Ministerium.

Zweiter.

Mehr und mehr sich selbst verwalten,
Im Gemeindeleben frei,

Die Verfassung breit entfalten,
Daß Justiz und Recht gedeih'!

Innen fest, im Reichsdienst tapfer,
Opferfreudigkeit und Kraft,
Das bleibt Sachsen-Weimars gute,
Eigene Errungenschaft.

Erster.

Unser Haushalt ist geordnet,
Unser Staat kennt Zwietracht nicht!
Und des Landes treue Stände
Walten prüfend ihrer Pflicht.

Schau der Hauptstadt stolze Bauten,
Wäge, was sie ist und war,
Und dein Urteilsspruch wird lauten:
Weimar dankt dem Jubilar!

Achte Gruppe.

Studenten von Jena
in akademischem Festschmuck.

Treten mit Gesang auf:

Vivat et respublica
Et qui illam regit,

Vivat Jena civitas,
Maecenatum caritas,
Quae nos hic protegit!

Lehrer.

Hoho! da klingt's lebendig, wer erscheint?

Tochter.

Ach Gott, Studenten!

Lehrer.

Nun, die sind auch wohl keine Caraiben,
Nur ihr Latein ist meine Stärke nicht.

Tochter.

Ich aber fürcht' mich vor dem wilden Volk.

Studenten.

Du fürchtest dich? Warum? Gesteh die Wahrheit!

Tochter.

Ich hab' gehört, Ihr seid gottlose Leute
Und Ihr habt einen Lehrer, der behauptet,

Es sei nicht wahr, daß Gott uns Menschen geschaffen,
Wir seien nur Getier und stammen von den Affen.

Erster Student.

Mein freundlich Kind, Du hast nur halb gehört,
Das Affentum galt nur zu Olims Zeit.
Vorwärts zur Schönheit! lehrt die neue Lehre.
Und wenn wir jetzt, im Wettkampf um das Dasein,
Zur Schöpfung Krone lieblich uns verfeinert,
So können uns ja einst noch Schwingen wachsen,
Und schon auf Erden wandeln wir als Engel
Mit Flügeln, die empor zum Himmel tragen.

Tochter.

So laß ich's eher mir gefallen . . . .

Erster Student.

Drum schilt uns nicht auf unsre Lehrer, hörst du

Lehrer,
humoristisch:

Es braucht mit dieser Fortentwicklungslehre
Wohl noch ein gut Stück Zeit, bis man von Jena

Nach Lichtenhain im Abendrote fliegt....
..... Die Herren machen wohl, wie sie es nennen,
So einen dies academicus?

Zweiter Student.

Ja wohl, Scholarch, und wissen auch warum!
Es giebt kein zweites Jena auf der Welt —
Drum sind auch alle sieben Wunderwerke
Der Welt schon lang vereinigt dort zu sehn
Und in den letzten fünfundzwanzig Jahren
Ist Johann Friedrichs hohe alma mater
So ziemlich aus der alten Haut geschlüpft,
Hat sich erneut und zeitgemäß verjüngt
Mit Lehranstalten von modernster Art:
Museen, Kabinetten, Instituten,
Mit Seminarien und dergleichen mehr....
Kleinaltdorf, einst ein altberühmt Gebäude,
Ist jetzt die neue Universität,
Und als ein zweiter Bau erhebt sich stattlich
Die Bücherei mit ihren alten Schätzen,
Wohl zweimalhunderttausend Bände stark!
Doch mit dem Golde, was, verbrämt mit Purpur,
Uns an des Saalthals kahlen, grauen Rücken
Allabendlich die Sonne leuchten läßt,
Zahlt man die Kosten nicht, die das erfordert,
Dazu braucht's eines Medizcers Güte,

Und wenn wir auch den hohen Vettern danken
Von Ernestines Stamme, die gemeinsam
Manch schönen Schmuck der alma mater spenden:
Was Jena ist, ward es durch Weimar nur,
Durch unsern Rektor und durch seinen Hochsinn.

Lehrer.

Da dürft Ihr wohl dem Rektor und Protektor,
Für dessen Großmut Zahl und Ziffern sprechen,
Heut abend einen Festspruch in Latein,
So einen großen, feierlichen widmen?

Dritter Student.

Gewiß, mein altes Haus! und wollt Ihr wissen,
Wie dieser Festspruch lautet, wenn uns alle
Des Landesvatersfeier froh vereint?

Lehrer.

Gern hör' ich zu und glaub' auch, daß er schön ist.

Dritter Student.

Sein Sinn bedeutet, daß wir, was auch komme,
Ihm gern durch Wasser und durch Feuer gehn.
Nun paß wohl auf!

Die Tochter hat die Gläser gefüllt.

Sie stellen sich am Tische auf und machen die dem studentischen Brauch
entsprechenden Bewegungen.

Cari commilitones:
Jam incipiamus altum in honorem
Rectori magnificentissimi
Caroli Alexandri
Exercitium splendidissimi
Gratissimi salamandri
Eins! zwei! drei!

Alle,

jubilierend im Abgehen:

Ihm gern durch Wasser und durch Feuer gehn.
Eins! zwei! drei!

Die Kinder aus der Linde,

mit Klopfen, als Echo:

Salamander, ein! zwei! drei!

Lehrer.

Ein rechter Wirbelwind von wilder Jugend!
Doch junger Most muß schäumen in den Schläuchen.
Gottlob, daß all der Wirrwarr weggebraust ist!

Während des Vorüberzuges der Gruppen hat sich die tanzlustige Jugend
so gruppiert, daß der Reigen beginnen kann. Der Lehrer ordnet an.

Knabe,
aus der Linde:

Herr Lehrer, aber jetzt! Es wird zu spät;
Das ungesungene Lied brennt auf der Zunge.

Lehrer.

In Gottes Namen denn, und seid Ihr fertig,
Dann müßt Ihr auch die Lindenpredigt hören!

Einleitende Musik.

Die Kinder
in der Linde singen das
Tanzreigenlied:

O Sommerlust, bei Finkenschlag
Zum Ettersberg zu klimmen,
Wir grüßen Deinen Ehrentag,
O Fürst mit hellen Stimmen.

Wir lieben Dich, weil Du uns liebst
Und wohl das Land verwaltest;
Weil Treue Du um Treue giebst
Und alles wohl gestaltest.

Verfassungsfest und unverträumt
Volksglück und Recht zu wahren,
Das hast Du keinen Tag versäumt
Seit fünfundzwanzig Jahren.

Ein frisch erblühter Rautenkranz
Soll heut Dein Bildnis schmücken,
Daß Du noch lang zum Heil des Lands
Uns alle wollst beglücken.

Wir lieben Dich, wir sind Dir gut,
Und das wird nie mehr anders,
Denn Dorf wie Stadt lebt hochgemut
Im Schutz Karl Alexanders!

Während des Gesanges, den 5 Strophen des Liedes entsprechend, Reigentanz um die Linde, oder, wenn die Linde seitwärts stehen muß, vor der Linde. Die Tanzenden sind durch Blumenguirlanden, deren verschiedene Verschlingung und Tragung verschiedene Tanzfiguren ermöglicht, bald im Kreis verbunden, bald aufgelöst. Während der Schlußfigur wird auch die Tanzguirlande um die Linde befestigt.

Lehrer.

Ihr habt den rechten Chorus angestimmt
Am rechten Ort — und zu dem rechten Ort
Geziemt das rechte Wort, schaut freudig drum
Zur Linde auf! Was sie erzählt, das künd' ich.
Sie ward gepflanzt vor mehr den siebzig Jahren,

Als unsres Landesherrn geliebter Vater,
Erbprinz Karl Friedrich, von der Brautfahrt kam
Und uns als bestes Kleinod seines Hausstands
Die Großfürstin aus hohem Norden brachte.
Wem schlägt das Herz nicht hoch, wenn er den Namen
Maria nennt und an die Teure denkt,
Die nicht nur in den Eisenacher Felsen,
Die sich in aller Zeitgenossen Herzen
Unlöschlich ihres Namens Züge einschrieb.
Damals war Fried' im Land und frohe Hoffnung,
Und auf den Brettern, die die Welt bedeuten,
Ward ihr zu Ehren auch ein Baum gepflanzt,
Ein blühender mit goldner Früchtenkrone.
Doch pflanzten hier bescheiden diese Linde
Mein Vater und die Väter unsrer Nachbarn.
Als dann die Kunde kam: Ihr ward ein Sohn,
War unsrer Väter frommer Wunsch erfüllt.
Sie beteten, daß er so wohl gedeihe,
Wie dieser Stamm, der frisch im Triebe stand,
Und nannten ihn Karl Alexanders Linde.
Seither, Ihr mögt es Aberglauben nennen,
Steht sie wie ein Symbol. Wir freuten uns
Für Ihn, wenn sie in Dolden süß erblühte,
Und fürchteten für Ihn, wenn sie bedroht war.
Und nach der Eltern und Voreltern Dorfbrauch,
Wenn Reigentanz und Jubelfest durchs Land ging,
Fand jung und alt sich stets allhier versammelt
Und manche Jahrzahl schnitt man in die Rinde

Als Zeugnis ein . . . . .
Seht zweiundvierzig dort,
Wenn's dazumal der Braut von Niederlanden
Im Haag nicht thüringisch im Ohr erklang,
Sind wir nicht schuld . . . . .
So Anno neunundfünfzig
Das Schillerfest. Was er geahnt als Seher,
Daß würdiger Geist auch würdige Form sich finde,
Daß einst Ein Reich den Geist mit Macht verbinde,
Daß ein geeintes, freies, deutsches Volk sei,
Das ging elektrisch damals durch die Seelen,
Doch blieb's, wie Poesie, ein Reich des Traums.
Und Anno achtzehnhundertsechsundsechzig,
Da schlug aus dunkler Sturmgewitterwolke
Ein Blitz und streifte schwarz der Linde Haupt,
Und mit Besorgnis, Zukunft ungewiß,
Sahn wir' die Wolke weiterziehn durchs Land.
Doch schöner glänzen nach des Wetters Nacht
Die Fluren und des Regenbogens Pracht.
Der dunkle Streif im Baum ist längst vernarbt
Und überdeckt von jungem Wipfelgrün.
Und als zuerst die schwarzrotweiße Fahne
Mit der von Sachsen brüderlich erprangte,
Da war das Reich des Traumes Wirklichkeit
Und Sang und Zitherklang wollt' nimmer enden,
Bis wir das Friedensfest auch hier gefeiert
Und froh die Heimkehr grüßten unsrer Krieger

Und unsres Herzogs, der, wohin die Pflicht ihn
Gerufen, war und von Versailles kam.

Er hängt eine Tafel mit der Jahreszahl 1878 an unter der Dekoration.

Nun füg' ich froh die Jahrzahl achtundsiebzig
Zu allen frühern und mir ist, ich höre
Den Saft der Wurzeln in den Fasern kreisen
Und alle Zweige wipfelfröhlich rauschen,
Und hör' die Linde, wie sie selber spricht:
„Heil Ihm, mit dem ich alt und groß geworden,
Stets blüh' sein Stamm so, wie der meine blüht;
Er rage stolz und frei in Gottesluft,
Freu' stets die Welt mit honigsüßem Duft
Und habe Dank für alles, was er spendet!"

Die Kinder

in der Linde wiederholen die Strophe:

Wir lieben Dich, wir sind Dir gut,
Und das wird nie mehr anders,
Denn Dorf wie Stadt lebt hochgemut
Im Schutz Karl Alexanders!

Lehrer,

fortfahrend:

Beruhigt Euch, mein Spruch ist nicht zu Ende.
Wem Gott wohl will, dem teilt er für des Lebens

Mühvolle Arbeit die Genossin zu,
Die sorgend, pflegend und ermutigend
Die Flamme hütet auf des Hauses Herd.
Nun wißt Ihr wohl, von wem ich weiter rede,
Denn Ihr wart alle selber mit und standet
Am achten des April an Weimars Bahnhof,
Als Sie zurückkam aus dem Orient,
Und freutet Euch, als käm' jedwedem selbst
Ein teures Haupt aus Krieg und Kriegsnot heim.
Ja, der Frau Großherzogin — wenn sie auch
In thätiger Stille lieber wirkt als laut —
Geziemt ein Wort der Anerkennung heut,
Schlicht, wie das Volk spricht, ohne Schmeichelhonig. —
Bestimmt und klar, in ruhig fester Weise,
Und, wie ihr Ahnherr Wilhelm von Oranien
Das wohlbedachte wohl im Sinn bewahrend,
So steht sie dem Gemahle treu zur Seite.
Hoch in der Rhön, wo Schnee und Sturm und Krankheit
Der Armut Hütten heimsucht, weiß man, wer
Nicht e i n m a l, nein, alljährlich Tröstung schickt,
Und in der Hauptstadt, wo der Not so manche,
Giebt des Sophienstiftes schöner Schulbau
Ein weitberühmtes Zeugnis, wer's versteht,
Des Guten Saat in junge Herzen streuen
Und zu gediegnen, arbeitsamen Frauen
Die Töchter unsres Landes zu erziehn.
Der alten Christen Caritas, die Liebe,
Die eifrig nur „wo ist zu helfen?" frägt,

Die übt sie, groß im Denken und Empfinden
Und mit Verständnis für das Kleinste aus,
In Zeit des Kriegs gleich Sankt Elisabeth
Den Werken der Barmherzigkeit sich widmend,
Im Frieden an der Spitze der Vereine.
Wer also mild zu sorgen weiß für andre,
Den segnet Gott dafür im eignen Hause.
An lieben Töchtern darf sie sich erfreun
Und hat das Glück, daß ihre weite Fahrt
Zum Bosporus gekrönt von Segen war!
Als Zuversicht und Stolz der Seinen steht
Der ritterliche Sohn an ihrer Seite
Und lächelnd präsentiert der Großmama
Des Erbgroßherzogs liebliche Gemahlin
Nicht Einen, nein, gottlob, schon zwei der Enkel,
Und Sachsen=Weimars Stamm grünt, sprießt und sproßt
Wie unser Lindenbaum am Ettersberg —
Und wer kein Nörgelfriede ist, stimmt ein:
  Des Landes Vater und die Landesmutter,
    Ihr Stamm und Haus in Kind und Kindeskindern —
  Karl Alexander und Sophia hoch!

Kinder,
in der Linde.

Karl Alexander und Sophia hoch!
Tusch der Musik und Tanz.

Zweite Scene.

Derweilen ist die

Geschichte

erschienen, eine stolze Frauengestalt in idealem Kostüm, etwa wie auf Kaulbach's Bild „Geschichte und Sage" mit Gefolg, voran drei in sächsische Farben und Wappen gekleidete Herolde oder tafeltragende Jünglinge.
Sie tritt rasch vor, während der Redner vollendet hat und sich den anderen anreiht.

Geschichte,

dem Lehrer auf die Schulter klopfend:

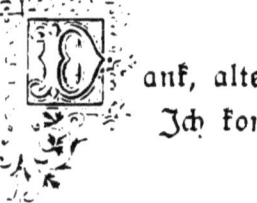

Dank, alter Meister, für den Lindenspruch;
Ich komm', Dich abzulösen.

Die Leute durcheinander.

Einer: Wer ist die hohe Fremde, die uns hier
    Mit seltnem Zauber der Erscheinung grüßt?
Ein andrer: Was wünscht und wollt Ihr?

Geschichte.

Mit Euch mich freun, Ihr wißt, wenn ich mich nenne,
Warum mein Amt mich hier vorüber ruft.
Unsterblich schreit' ich durch der Völker Reihen,
Den kommenden Geschlechtern zu verzeichnen,
Was heut noch Gegenwart, in strenger Prüfung,
Ob recht und echt und menschenwürdig war,
Was sie gethan, und ob der Nachwelt Urteil
Nicht Flitter schelte das, was heut noch Gold heißt.
Ich ritze nicht, wie Ihr, nur Baumesrinde;
Was ich mit ehrnen Griffeln niederschreibe,
Das steht in den Annalen der — Geschichte!

Lehrer.

So nehmt von unsrem Jubel freudig Kunde,
Denn er ist echt.

Landmann.

Ja echt und schlicht und recht!

Tochter.

Das habt Ihr aus der Kinder Mund vernommen,
Denn ihrer ist die Wahrheit und der Himmel.

Geschichte.

Wer alte Dinge kennt und schaut wie ich,
Der weiß auch mit der jungen Welt zu fühlen.
Und wißt Ihr denn, warum der Jubel echt?

Lehrer.

Von Eurer Weisheit hoffen wir's zu hören!

Geschichte.

Weil auf der Ahnen vorbildreichen Bahnen
In ihrem Sinn und Geiste vorwärts schritt
Ein echtes, altes Sachsenfürstenblut.
Man braucht noch lang kein Epigon zu sein
Und müßig sitzen auf vererbten Truhen,
Wenn schon der Vorfahr tüchtig war und groß.
Laß ihrer Rüstung abgelegte Hüllen
Die Waffenkammer zieren, halb verstaubt;
Doch ihre Kraft, ihr kriegsgewaltig Streben
Verleiht den Enkeln die Entschlossenheit,
Auch ohne Panzer Großes zu vollführen,
Und gutes Vorbild weckt Nacheifrung auf,
Wenn neue Zeiten neue Männer fordern.

Landmann.

Und all die Überliefrung wißt Ihr noch?

Geschichte.

Und gerne zeig' ich meinen Zauber Euch!
Laßt uns aufrollen drum der Zeiten Buch
Und schaut, wie allzeit Sachsens Fürstenstamm
Tapfer und fromm, im Unglück fest und standhaft,
Der deutschen Art und Sprache warm ergeben
Und freien Geistes Pfleger und human!
Thüringens Landgraf Ludewig der Heilige,
Der oft im castrum Ettisberc hier weilte,
Zeig Dich zuerst in frommer Tapferkeit!
Dank sei dem Wartburgneubau, daß wir heut
Geschichtlich klar in jene Zeiten schauen,
Die sonst, wie ihre Burgen, kaum mehr sichtbar,
Moosüberdeckt, wie Moder, Schutt und Gräber
Die neue Zeit mit Schauder nur erfüllten!

Die auf der Bühne Stehenden haben sich zu beiden Seiten so gruppiert, daß der Blick in den Mittelgrund frei wird.

Der zweite Vorhang geht auf und es erscheint als

Erstes geschichtliches Bild

Ludwig des Heiligen, Landgrafen in Thüringen, Abschied zum Kreuzzug am Johannistag 1227.

Ort: Ritterfaal der Wartburg.

Personen: Ludwig der Heilige.
Landgraf Heinrich von Thüringen, sein Bruder.
Landgräfin Sophia, seine Mutter.
Die heilige Elisabeth „sine liebe wertinne mit iren Kinden."
Rudolf der Schenk von Vargula.
Graf Ludwig von Wartberg.
Graf Burkhart von Brandinberg.
Graf Meinhart von Mülberg.
Graf Heinrich von Stalberg.
Die Edeln: Hartmann von Heldrungen.
Ludolf von Berlstete.
Rudolf von Bulzingisleibin.
Der Marschall Heinrich von Ebirsberg.
Truchseß Hermann von Natheim.
Kämmerer Heinrich von Danze und viele Ritter.
Sodann die Kapelläne Gerhart und Berlt, der Geschichts-
schreiber dieses Kreuzzuges; der Schreiber Cunradus
von Wirzburg und viele andere Geistliche, Ritter und
auch Ärzte.

Begleitende Musik: Das alte Heerlied „media vita in morte sumus."

Anordnung des Bildes nach dem dritten Bilde im Cyklus der Wart-
burgfresken von Moritz von Schwind und nach den Beschreibungen im
„Leben des heiligen Ludwig", herausgegeben von Rückert, Leipzig bei
Weigel 1851 S. 55 u. 58.

Die Geschichte winkt dem ersten Herold, vorzutreten und die erläuternde
Dichtung vorzutragen.

Der erste Herold.

Wem tritt der Rührung Thräne nicht ins Auge,
Wenn er der Chronik schlichte Schildrung hört,
Wie dieser Edle schied vom Heimatland?

Da sah man lichter Thränen viel
Im Wartburgsaale weinen,
Als Landgraf Ludwig Heerfahrt that
Und schied von all den Seinen.

Ihr eins das andere umfing
Vielfreundlich da mit Armen,
Groß Jammer durch ihr Herze ging,
Wen sollt' es nicht erbarmen?

Kaum faßte er starken Gottesmut,
Daß er sich losgerungen.
Die Mutter hielt den lieben Sohn,
Die Hausfrau den Mann umschlungen.

Die eine zog hin, die andere her,
Daß er noch fürder bleibe.
Sankt Elisabeth rief mit lauter Kehl:
„Weh mir viel armem Weibe!

Nun leg' ich hin mein fürstlich Gewand
Und geh' im Witwenkleide,
Forthin ist mir kein Heil bestimmt,
Mich lohnet Lieb' mit Leide."

Den Ring am Finger wies er ihr:
„Wer einst Dir kommt als Bote
Und bringt Dir diesen edeln Saphir,
Der weiß von meinem Tode."

An heißen Zähren es nicht gebrach,
Sie mocht sich nicht gescheiden,
Bis Rudolf, der Schenk von Vargula sprach:
„Herr, es wird Zeit zu reiten."

Im Wartburghof stand Schar an Schar
Der Pilgerfahrtskumpane;
Ritter und Knappen gezeichnet war
Mit Kreuzen, Wappnung und Fahne.

Im Brachmond auf Sankt Johannistag
Erhuben sie sich mit Eile,
Besegneten ihr Thüringland
Und fuhren hin mit Heile.

Wo so ein Mensch sich scheiden mag
Vom Liebsten auf Erden, da merke,

Ob da nicht Liebe zum Ewigen sei
Und göttlichen Glaubens Stärke?

Geschichte.

"Im Unglück standhaft," war mein zweiter Spruch.
So höret denn, was weiter wir erzählen.

Zweites geschichtliches Bild.

Johann Friedrich der Großmütige, Kurfürst zu Sachsen, wird in kaiserlicher Gefangenschaft von Lukas Cranach besucht und getröstet.

Ort: Augsburg. Bescheidene Stube in deutschem Renaissancestil.

Zeit: um 1552.

Personen: Kurfürst Johann Friedrich (sitzend im Armstuhl).
Maler Lukas Cranach.
Zwei Knaben, Staffelei und Bild haltend.
Im Hintergrunde: Gefangenwärter. Zwei Trabanten.

Anordnung nach dem Bild von Theobald von Oes in Dresden, von welchem ein Holzschnitt in der Zeitschrift "Daheim", Jahrgang 1873. Das Bild Lukas von Cranachs stellt die Kreuzigung dar mit den Bildnissen von Luther, Melanchthon, Kurfürst Johann Friedrich, seiner Gemahlin und dreier Söhne und ist im Besitze der Stadtkirche zu Weimar.

Musik: Motive aus Ludwig Senfts Gesangbuch: "121 Lieder — Ott 1534". Neu bearbeitet von Kade, Musikdirektor in Schwerin.

Der zweite Herold.

Die schwere Schlacht bei Mühlberg war geschlagen
Und Johann Friedrichs Heer sieglos zersprengt,
Er selbst in Haft verstrickt und schwere Klagen,
Die Kur verwirkt, sein Land vom Feind bedrängt.
Hispanische Praktik lockte: „Laßt den Glauben,
Der Kur und Leben böslich Euch bedroht."
Er sprach: „Dies Kleinod soll mir niemand rauben,
Im Unglück standhaft, trotz ich jeder Not.

Mein Evangelium will ich nimmer missen;
Wer mich besiegt hat, mag mein Richter sein,
Jedoch ein Höheres ist mein Gewissen,
Und dessen Richter ist nur Gott allein.
Mögt ihr zeitlebens mich in Haft verstricken,
Wahrheit macht frei, macht auch im Kerker frei
Und lehrt dem Tod ins Schädelantlitz blicken
Im Unglück standhaft und gewissenstreu."

Da öffnen sich des Haftgemaches Pforten,
Zwei Knaben schleppen eine Staffelei,
Sein neust Gemälde trägt mit Trostesworten
Altmeister Lukas Cranach selbst herbei.
„Heil walte, Herr; in diesen harten Zeiten
Wies Frau Fortuna Euch auch wenig Gunst,
So schaut mein Bild, des Heilands bittres Leiden;
Im Unglück standhaft stärk' Euch meine Kunst!

Das Volk bleibt fest, wir wirken in der Stille;
Gottlob, daß den Herrn Söhnen gut es geht.
Ich bring' auch Gruß von Kurfürstin Sibylle,
Sie harret aus in Thränen und Gebet.
Getrost, Ihr werdet nicht in schwerer Haft verenden,
Der Rautenkranz hat noch nicht ausgeblüht,
Für Euch will sie den letzten Schmuck verpfänden,
Im Unglück standhaft, herzhaft im Gemüt!

Schon hallt's wie Orgelton und Glockenläuten,
Ich hör' im Geist der Heimkehr Willkommtag,
Seh' hoch zu Roß in Weimar Euch einreiten
Und spüre Eurer Treuen Herzensschlag.
Hoch dürft das Haupt vor allem Volk Ihr tragen
Und einziehn in der Heimat treuen Port,
Denn wer Euch schaut, der muß mit Ehrfurcht sagen:
„Im Unglück standhaft, fest in Gottes Wort!"'

Geschichte.

Der deutschen Art und Sprache warm zu eigen,
Darf Sachsens Haus im dritten Bild sich zeigen.

Drittes geschichtliches Bild.

Der fruchtbringenden Gesellschaft des deutschen Palmenordens Stiftung zu Weimar am 24. August 1617.

Ort: Die Wilhelmsburg zu Weimar.

Personen: Die Gebrüder und Herzoge zu Sachsen-Weimar:
  Herr Johann Ernst der Jüngere, genannt der Keimende.
  Herr Friedrich, genannt der Hoffende.
  Herr Wilhelm, genannt der Schmackhafte.
  Fürst Ludwig von Anhalt, genannt der Nährende.
  Johann Casimir, Fürst von Anhalt, genannt der Durchdringende.
  Kaspar von Teutleben, genannt der Mehlreiche.
  Christoph von Krosig, genannt der Wohlbekommende.
  Friedrich von Kospoth, genannt der Helfende.
  Dietrich von dem Werder, genannt der Vielgekörnte,
    und der Erzschreinhalter (Ordenssekretarius). Pagen.

Anordnung nach den Bildern und Notizen in G. Neumark des Sprossenden Teutscher Palmbaum, Weimar 1668.

Musik: Fürstliche Kapelle um 1617.

Der dritte Herold.

Wilhelmus, Herzog in Sachsen, sprach: „Was ist das
für ein Wesen,
Vor Wortverderb und Sprachvermeng mag niemand
mehr genesen.

Staatsmänner schreiben spanisch jetzt, lateinisch unsre
Richter,
Französisch zart die Liebenden, welsch die Sonetten=
dichter.

Soll unser Muttersprachefluß versumpfen und verstocken,
Weil ihm den eignen Lauf versperrt der Wust von
fremden Brocken?

Weg mit dem Alamodeprunk, weg mit dem Maskenflitter,
Wir meinen's redlich, schlicht und recht als deutsche
Herrn und Ritter.

Wird neu die Sprache auferweckt, hält neu auch das
Vertrauen,
Hält Sinn für Tugend, Sinn für Kunst Einzug in
deutschen Gauen."

Im Neubau seiner Wilhelmsburg, im kleinen Fürsten=
  saale,
Die Brüder, Gäste und Getreun versammelt er zum
  Mahle.

Ein edler Cocospalmenbaum stund als der Tafel
  Schmückung
Gemalt und trug im Band den Spruch: „Zu Nutzen
  und Beglückung."

Pallas Athene stund dabei, als ob sie Früchte suche,
Mit Ritterhelm, Medusenschild und aufgeschlagnem
  Buche.

Und als das Mahl zur Hälfte war mit Festmusik und
  Scherzen,
Leutselig Herzog Wilhelm rief: „Willkommen mir von
  Herzen!

Wie dieses Palmbaums Hochgestalt der Menschen Aug'
  ergetzet
Und sie mit Früchten mannigfalt ernährt, erquickt und
  letzet,

So wollen wir zu Deutschlands Ehr nach langer Sprach=
verwüstung
Fruchtbringende Gesellschaft sein in Kriegs= wie Friedens=
rüstung.

Zwiefach sei unser Rittertum: mit Roß und Schwert
sich üben
Und unsrer Sprache Heiligtum und freie Künste lieben.

Jedweder nach Person und Art soll einen Namen
führen
Und eine Pflanze als Symbol und einen Spruch sich
küren.

Mein herzoglich Gebrüderpaar, und Ihr, Askanier=
fürsten,
Laßt „nährend", „keimend", „hoffend" uns nach solchen
Früchten dürsten.

Teutleben, Kospoth, Krosig auch, und Dietrich, Du, vom
Werder,
Führt „mehlreich", „helfend", „vielgekörnt" die Federn
wie die Schwerter.

Schafft, daß in Lieb des Vaterlands jed' wacker Herz
entbrenne,
Und daß an ihrer Früchte Glanz man die Gesellschaft
kenne!"

Mit großem Schalle fielen ein Heerpauker und Trom=
meter,
Auf der Genossenschaft Gedeihn leert seinen Becher
jeder.

Ölberger hieß der Festpokal, ihn bracht ein Herr, ein
alter,
Der Ordenssekretarius, verdeutscht der „Erzschreinhalter",

Und sprach: „Nach Pflicht geloben wir, nur deutsche
Art zu preisen,
Wilhelmus, unser Stifter, sei „der Schmackhafte" ge=
heißen.

„Die Birne mit dem Wespenstich" woll' als Symbol er
tragen;
Die schlechten Früchte sind es nicht, daran die Wespen
nagen.

Und ihm als Sinnspruch stellen wir das Wort: „er=
kannte Güte",
Weil ohne diese nimmermehr sein Palmenorden blühte."

So hub sich die Gesellschaft an, so ist sie großgewachsen
Im Schirm und Oberregiment der Herzoge von Sachsen.

Gottlob, das ganze deutsche Volk ist heut im Palmen=
orden
Und ist sich seines Werts bewußt in Thaten und in
Worten.

In Andacht, Minne, Frühlingslust erklingen deutsche
Lieder;
In unentweihter Reinigkeit blüht unsre Sprache wieder.

Doch jenen, die zu ihrer Zeit so schmackhaft Bahn ge=
brochen,
Sei in der Sprache feinstem Kleid ein Wort des Danks
gesprochen.

Dritte Scene.

Geschichte.

Nun soll ich wohl im vierten Bild erklären
 Die Gegenwart und was in ihr geschah;
Doch nach dem Spruch: „Aus sieben Zeugen
                                          Mund
 Wird allem Volk die rechte Wahrheit kund"
Ruf ich die Künste selber. Nicht zum Scherz nur
Heißt unser Ettersberg Deutschlands Parnaß;
Er zeigt der Heimat bunte Herrlichkeit
Dem Späherauge freundlich weit und breit,
Er herrschet über Sonnenschein und Regen.
An seinem Fuß hat Herder oft geruht,
Und seine Höhen, feierlich und still,
Sind einer lichten Himmelsleiter gleich,
Wo gute Geister auf= und niedersteigen.
Hier sann einst Schiller zu Maria Stuart

Der Königinnen Zwist im dunkeln Park.
Hier zeigten einst auf seinen Ruf die Künste
Ihr Angesicht den Sterblichen des Thals
Und huldigten der großfürstlichen Mutter.
Doch was Karl Alexanders Ära schuf,
(Beschwörend:) Das sagt uns selber heut, Unsterbliche,
Im ewig jungen, fleißigen Schwesternchor!

Chor der Künste

mit dem recitativischen Vortrag von Schillers Strophe:

(Begleitende Musik von 1814.)

Wir kommen von fernher,
Wir wandern und schreiten
Von Völkern zu Völkern,
Von Zeiten zu Zeiten;
Wir suchen auf Erden ein bleibendes Haus,
Um ewig zu wohnen
Auf ruhigen Thronen,
In schaffender Stille,
In wirkender Fülle,
Wir wandern und suchen und finden's nicht aus.

Geschichte.

Das ist die alte feierliche Weise,
Die hier vor vierundsiebzig Jahren klang.
Das ist sie selbst, die göttergleiche Schar.

Chor der Künste.

Wir dienten der Mutter,
Wie einst wir gelobten.
Wir dienen dem Sohne
Der Herrlichen gern.
Der Mutter Vermächtnis
Hat wohl er behütet,
Die heilige Flamme
Durchglüht ihn wie sie.
Ihm hold und gewärtig
Sind rührig am Werk wir,
Das Werk lobt den Meister,
Drum Preis ihm und Dank.

Sie treten vor und bilden einen Halbkreis um die Geschichte, die jede einzeln anredet.

Geschichte.

Zu dieser Linde hab' ich Euch beschieden,
Zur Malstatt unsres alten Pfingstgerichts,
Daß Rechenschaft Ihr gebt von Eurem Thun.
Deutschland hat so Gewaltiges geleistet,
Daß ich nicht oft zur Saale kam und Ilm.
Doch daß Ihr nicht nach Sitte fauler Unkunst
Die Hände feiernd hier zum Schoß gefaltet,
Das bürgt mir Eure Huldigung von Einst.
„Die Säule soll sich an die Säule reihn."
Architektur! Hast Du Dein Wort gehalten?

Architektur.

Ob Wort ich hielt? Geh, schau die Säulenhallen,
Die um der Hauptstadt Schätze ich gereiht:
Weimars Museum; hoch ragt's neben allen
Neubauten unsrer neubaureichen Zeit.
Ob Wort ich hielt? Geh, zähl die Arbeitstunden,
Dem Lieblingswerk, dem Wartburgbau geweiht,
Wo Säulenpaar mit Säulenpaar verbunden
Romanischen Kunstzaubers Glanz erneut.
Er war es, der die rechten Meister wählte,
Deß eigner Geist den toten Stein beseelte.

Geschichte.
zur Bildhauerkunst.

„Marmor soll schmelzen unter Hammers Schlägen"
Sprachst Du, Skulptur, wie schwangst den Meisel Du?

Skulptur.

Der war gut schwingen, wo der Fürst als Kenner
Selbst Falkenblick und Formtalent besitzt
Und Sorge trägt, daß seiner großen Männer
Ruhmsäule leuchtend durch die Straße blitzt.
Wieland und Herder weisen neue Spuren,
Ich schuf Karl Augusts Reiterhochgestalt,
Ich goß in Erz die Dichter-Dioskuren,
Zu denen pilgernd fromm ganz Deutschland wallt,

Mein ist, was wir im Maimond jüngst enthüllt,
Des Kriegerdenkmals glorreich Siegesbild.

Geschichte
zur Malerei.

„Frisch soll sich Leben auf der Leinwand regen"
Wie hieltest, Malerei, Du Dein Gelöbnis?

Malerei.

Der Maler beste hab' ich hergezogen
Und wackre Schüler ihnen zugesellt;
Ist mancher auch weit in die Welt entflogen,
Manch andrer fand ein schönes Arbeitsfeld.
Auf Leinwand wie al fresco ward gemalet,
In Bilderschmuck erprangt der Wartburg Höh',
Von Hellas Farbenglanz und Duft durchstrahlet
Erglüht der Landschaftskreis der Odyssee.
Homeros fände, stieg' er zu uns nieder,
In Ilm=Athen die alte Heimat wieder.

Geschichte.

Da stimm' ich ein! So lange Griechenschönheit
Und Griechensprache deutsche Jugend freut,
Wird dieser Bildercyklus freun und lehren.
Lichtsonnig strahlt die Landschaft und das Meer

Und der Figuren kraftbelebtes Treiben.
Man meint, sie reden griechisch miteinand . . . .
Doch weiter im Verhör —
     (zum Tanz) Dein Wort es heißt:
„Der leichte Tanz den muntern Reigen schlingen."
Was thatest Du, o Tanz, in dieser Zeit?

Tanz.
ernst und traurig.

Von mir allein ist Gutes nicht zu melden.
Daß mir der Schwestern Rang ziemt, wird verneint:
In Zephyrflügeln schwebt man heut nur selten,
Und das Gesetz der Schwere ist mir feind.
Einst ehrte ich, umrauscht von Festaccorden
Und Cymbalschlag, die Götter Griechenlands.
Die Welt von heut ist zu durchgeistigt worden,
Sie kennt nicht mehr den klassisch edeln Tanz.
Des Tanzes Grazie müßt Ihr drum entschuldigen,
Nur kindlich noch und ländlich kann sie huldigen.

Geschichte
zur Musik:

„Der Strom der Harmonieen soll erklingen!"
Erklang er auch, Musik, wie Du versprachst?

Musik
mit der Leyer.

Thüringens Zithern führten einst die Reigen —
Die Tonkunst lehrte hier Sebastian Bach —
Wie könnte da Frau Musika erschweigen?
Ihr Mühn stand nie dem Mühn der Schwestern nach.
Ein Genius war's, der uns die Kräfte stählte,
In Fleiß und Schulung wurden bald wir kühn,
Und daß Begeistrung hohem Ziel nicht fehlte,
Nenn ich Euch nur das Wagnis Lohengrin!
Denn Weimars Oper bracht es jubelnd fertig,
Daß die Musik der Zukunft gegenwärtig.

Geschichte
zur Schauspielkunst.

„Es soll die Welt sich auf der Bühne spiegeln."
Blieb, Schauspielkunst, solch Streben stets Dir Sporn?

Schauspielkunst.

Daß wir einst „Mirdings wackre Söhne" waren,
Blieb stets ein Sporn edler Nacheiferung:
Dramatisch Bestes aus den letzten Jahren
Fand bald und gern bei uns Verwirklichung.
Altklassisches in cyklischer Vollendung
Ward vorgeführt, der Weltgeschichte Spur

Zu zeigen und der Bühne schöne Sendung,
Mitbildnerin zu sein deutscher Kultur.
Wir waren Großem hold und unversöhnlich
Nur in der Abwehr dessen, was gewöhnlich.

Geschichte

zur Poesie:

„Die Phantasie auf ihren mächt'gen Flügeln
Dich zaubern in das himmlische Gefild!"
So klang Dein Vers! Übst Du den Zauber noch?

Poesie.

Komm mit, komm mit! Noch tragen meine Schwingen
Dem Himmelslicht Dich und der Sonne nah,
Noch soll dem Liebling froh mein Glückwunsch klingen,
Wie damals, als das Licht der Welt er sah.
Auf Goethes Ruf erschien dem Fürstenkinde
An seiner Wiege fröhlich unsre Schar
Und brachte ihm als schönstes Angebinde
Des Dichtergreises Segenswünsche dar.
Schnell flieht die Zeit, wer weiß noch von Euch allen,
Was Goethe sang? Mir ist es nicht entfallen:

„Nun an die Wiege" rief er. „Diesen Sprößling
Verehrend, der sich schnell entwickelnd zeigt
Und bald herauf, als wohlgewachsner Schößling,

Der Welt zur Freude hoch und höher steigt.
Sein erster Blick begegnet unserm Kreise,
Er merkt sich einer wie der andern Blick,
Gewöhnet sich an einer jeden Weise,
Gewöhnt sich an sein eigen Glück.

Er sei ein Harfner, dem die Musen
Den Psalter wohlgestimmt gereicht,
Und so gelingt's dem freien Busen:
Denn alle Saiten schweben leicht,
Bereit zur Hand, bereit zum Klange,
Ein Lied erfolgt, man weiß nicht wie. —
Sein Leben sei im Lustgesange
Sich und den andern Melodie."

Mit Goethes Wunsche küßten wir die Stirne
Karl Alexanders — und er ist erfüllt.
Stand ihm nicht hoch, wie Glühn der Alpenfirne,
Ob allem Thun des Ideales Bild?
Der Schönheit Hauch — der Keime zartes Regen
Wachsam erfühlend ging er zart voran.
Glück auf! Schon grüßt ein schöner Erntesegen
Den noch nicht schaffensmüden reifen Mann.
Beglückt beglückend, hochgeehrt wie nie
Steht er vor Euch — ist das nicht Poesie?

Geschichte.

Und so verzeichn' ich denn in meine Bücher:
Fürwahr, Ihr bliebt in dieser Zeit nicht müßig!
Er liebt und ehrt die Künste, wie sie ihn;
Doch größte Kunst, mehr als Regierungskunst
Und mehr als alles, was die Musen schaffen,
Das ist die Kunst, die Herzen zu gewinnen.
Er tauscht um Liebe Gegenliebe ein,
Heil sei dem Manne, der auch diese übt!

Nun grüß' dich Gott, du Ettersberger Linde,
Und auf zur Hauptstadt!

Alle.

Auf, auf zur Hauptstadt!

Gesang der Kinder.

Wir lieben Dich, weil Du uns liebst
Und wohl das Land verwaltest,
Weil Treue Du um Treue giebst
Und alles wohlgestaltest.

Wir lieben Dich, wir sind Dir gut,
Und das wird nie mehr anders,
Denn Dorf wie Stadt lebt hochgemut
Im Schutz Karl Alexanders.

Großer Festzug.

Schluß.

Prolog

für die

Fest-Vorstellung

im

Stadttheater zu Mülhausen i. E.

am 19. November 1884.

Ein ungewohnter Festglanz füllt die Räume
Und ringsum strahlt der Uniformen Pracht;
Soldaten sind's, die an des Friedens Künsten
Sich heut erfreuen und am Bühnenspiel:
Der Musen lauscht ein kriegrisch Publikum.
Denn wir begrüßen froh in unsrer Mitte
Des Nachbarlandes ritterlichen Prinzen
Und feiern das Gedächtnisfest des Tages,
Da ihn dereinst vor fünfundzwanzig Jahren
Großherzog Friedrich, sein erhabner Bruder,
Vertrauensvoll an unsre Spitze stellte
Und ihm als Chef das Regiment verlieh.

Seit diesem Tag sind wir mit ihm verbunden
Wie er mit uns, drum kommt er gern herüber,
Denn wir sind meist des Badnerlandes Söhne,
Die Grenzwacht halten hier am Oberrhein.

Sei denn willkommen in der Deinen Kreise,
Du hoher Herr, Zähringens Stamm entsproßt,
Den wir als Vorbild deutschen Edelsinns
Und schneid'ger Tapferkeit längst kennen lernten,
Derweil ihm echte Menschenfreundlichkeit
Die Herzen all des Regiments gewann.
Wo zu der Mannszucht, die der Dienst erheischt,
Freiwillige Liebe, die das Herz erwärmt,
Und hohe Achtung treten, da steht's gut;
Da ist gleich gut gehorchen wie befehlen.

Wie wüßten besser wir den Chef zu ehren,
Der, eigne schöne Häuslichkeit verlassend,
Heut im Familienkreis der Truppenschar
Die Freude teilt, als wenn wir schlicht und derb
Ihm ein Soldatenstück aus alter Zeit
Vorführten, das in ew'ger Jugend strahlt?
Und wenn wir ihm sein eigen Regiment
So wie es leibt und lebt in der Geschichte
In Bildern zeigen, kunstlos aber wahr?

Wohlan, bevor der Genius unsres Schiller
Der Wallensteiner lustig Treiben aufrollt,
Werd' uns ein Blick in die Vergangenheit!

Nicht immer war's wie heut. Einhundert zwölf
War eine Regimentszahl, die der klügste

Im ganzen heil'gen römisch-deutschen Reiche
Für fabulos hielt und für rein unmöglich.
Wir zählten bei des Ländleins Infanterie
Die Nummern Eins und Zwei und waren meist
Um Bühl und Lahr und Offenburg zu Hause.

Doch wie sich auch der Zeiten Kreislauf ändert
Und Kriegsausrüstung, Waffentracht und Taktik
Und selbst des Hauptes Bedeckung — allzeit war's
Ein badischer Prinz und Markgraf, der uns führte
Und uns der Ahnen wie des eignen Bluts
Kriegsmut und Feuer einzuhauchen wußte.

Ja selbst der Name Wilhelm erbte sich
Als ruhmesreiche Überlief'rung fort.
Der erste, dem wir unsre Fahne danken,
War „Badens Held", der Markgraf Ludwig Wilhelm,
Den noch das Volk den Türkenlouis nennt.
Damals erhub dem Reich als stärkster Feind sich
Der Türken Sultan, von der Donau ging
Wie Sturmgeläut zum Rhein der Türkenlärm.
Der Türkenlouis wußt' ihm zu begegnen.
Noch zeigen die Trophäen seiner Siege,
Die er der Liebsten, seiner Frau Sybille,
Zum Schloß von Baden und von Rastatt sandte,
Noch zeigt der eignen Rechten blut'ger Handschuh,
Daß manch ein Spahi auf arabischem Renner,

Manch edelsteingeschmückter Janitschar
Und selbst ein Groß-Vezier im Lagerzelte
Der deutschen Klingen Wucht erliegen mußt!

Damals mag manchem braven Muttersohne
Das Herz in höherm Takt geschlagen haben
Als eines Herbsttags* von dem Kahlenberge
Des Reichs Ersatzheer niederstieg vor Wien
Und mit Sobieskys hilfbereiten Scharen
Den Erbfeind warf und die Belag'rung sprengte..

Was dort für Kriegsthat, Arbeit und Aktion
Dem deutschen Kriegsmann gen dem Türken oblag,
Zeigt noch manch Bild — es war die Infanterie
Aus Musketieren und aus Pikenieren
Zwei Glieder hoch formiert und mußte oft
Des Reiterangriffs wilder Furia wehren,
Und Pfeilschuß drohte, Speer und Yatagan.
  Doch Frau Viktoria wandte sich zu uns;
Gerettet ward — nach gräßlichen sechs Wochen —
Die Hauptstadt an der schönen blauen Donau!
Das war ein feierlicher Augenblick,
Als vor den Thoren sich die Sieger trafen,
Und Rüd'ger Starhemberg, der aus der Stadt

---

* 12. September 1683.

Den Ausfall lenkte, seine Freunde nahn sah;
Das war ein Herzensdank nach harter Arbeit,
Als der Befreite den Befreier grüßte
Mit Freudenthränen in dem Heldenaug!

Erstes Bild.

Des Markgrafen Ludwig Wilhelm Begegnung mit dem Grafen Starhemberg und König Johann Sobiesky vor den Thoren des befreiten Wien; 9. September 1683.

Musik: Prinz Eugen der edle Ritter.

N och einmal war's dem tapfern Badner Löwen
Vergönnt das Schwert zu ziehn für seinen
Kaiser.
Haus Habsburg-Spanien war erloschen; um
Des Pyrenäenlandes Thron und Krone
Hob zwiefach, dreifach wirrer Anspruch sich:
Der spanische Erbfolgekrieg entbrannte
Bellonas Fackel weithin durch Europa.

Frankreichs vierzehnter Ludwig hatte sich
Die alte Reichsstadt Landau in der Pfalz
Zu einem festen Bollwerk neu erbaut,
So recht als Streithahn Nest und Ausfallthor,
Das Nachbarland zu plagen und zu pressen.
Vauban, sein kriegsgelahrter Ingenieur,
That alles um ein Meisterstück zu schaffen
Nach dem System der Fortifikation:
Da huben sich acht hohe Bastionen
Und ebensoviel Ravelins und Schanzen,

Gekrönt von einer festen Citadelle,
Und „Nemini haec cedit!" ließ er stolz
Auf einen Stein hauen ob des Stadtthors Wölbung.
„Landau nimmt Keiner!" war der Worte Sinn.

Doch siebzehnhundert zwei ging's Schlag auf Schlag.
Der Markgraf war Reichsfeldmarschall geworden
Und zeigte, daß er in den Türkenkriegen
Auch etwas von Belag'rungskunst gelernt.
Im Juni griff der Deutschen Streitkraft an.
Vergeblich führte Marschall Catinat
Ein stark Ersatzkorps vor bis Drusenheim,
Da wo das Flüßlein Motter in den Rhein fällt;
Er ward geschlagen und die Arbeit ging
In den Tranchéen schnell und lustig vorwärts:
Kartaunen schossen regelrechte Bresche,
Die Mörser warfen Bomben und Barcassen,
Und von dem Halbmondwerk aus wurde nachts
In einer Stund' erstürmt die Citadelle.

Da wehten bald vom Wall drei weiße Fahnen;
Der Kommandant Mélac, der Pfalzverwüster
Verfluchten Namens, ließ Chamade schlagen
Und unterschrieb die Kapitulation.

Aus Landaus Thoren zog der Magistrat,
Demütiglich auf samtnen Kissen bringend

Des Stadtthors Schlüssel. Markgraf Ludwig Wilhelm
Nahm lächelnd sie: „Freut Mich, Herr Bürgermeister",
So sprach er fein, „freut Mich, Ihr weise Herren!
Doch eh' Ihr Euch nach Regensburg begebt,
Beim Reichstag wiedrum Sitz und Stimme führend,
Schreibt zu des Stadtthors Inschrift hier verbessernd
Ein „Tandem cessit Caesari!" dazu.
„Landau war doch des Kaisers!" heißt's auf deutsch!

Zweites Bild.

Der Magistrat von Landau überreicht dem Markgrafen Ludwig Wilhelm
die Schlüssel der Stadt, nachdem dieser das Ersatzkorps des Marschalls
Catinat bei Drusenheim geschlagen und die Citadelle gestürmt hat.
10. Oktober 1705.

Musik: Marlborough s'en va-t-en guerre.

Als dann das alte deutsche Reich erschüttert
Aus allen Fugen ging und alle Welt
   Des korsischen Eroberers Fahnen folgte,
Da mußten wir wie andre Rheinbundtruppen
In fremden Ländern fremde Schlachten schlagen.
Nach Rußland ging's. Karl Friedrichs junger Sohn,
Der Markgraf Wilhelm, unsres Gastes Oheim,
War unser Führer. Doch was frommt der Mut
Der Jugend, wo die Elemente wüten?

Ein Mann im Schlitten, der sich selbst beurlaubt,
Ein langer Zug von Schatten und Gespenstern,
Von Wunden, Hunger, Kälte aufgerieben:
Das war der Rest der ungeheuren Kriegsmacht,
Der große Kaiser und sein großes Heer!

Wir kamen just vorm Ende! Unsere Leute
Versuchten noch mit eiserstarrten Händen

Der Beresina schreckliches Verhängnis
Um wenig Stunden fruchtlos aufzuhalten
Im Bajonettkampf mit Kosakenschwärmen.
Vom allgemeinen Rückzug fortgerissen,
Schwand mit der Kraft auch der Zusammenhalt.
Der Rest war Schweigen und der Tod im Schnee.

Doch Pflichterfüllung, wenn auch kein Erfolg lohnt,
Ist Kriegmanns Trost. Wir rollen auch dies Bild auf.

Schaut auf und seht die Leiden unsrer Väter,
Seht sie ausrücken mit der Steinschloßflinte,
Im Uniformfrack mit den kurzen Flügeln,
Im Tschako mit dem hohen Federbusch!
Und seht sie auf der Wacht bei Borisow,
Wie als die Letzten vor der Beresina
Im Nachtgefechte sie den Rückzug decken,
Ihr Markgraf Wilhelm selbst wie ein Gemeiner
Mit der Muskete in den ersten Reihen
Sich kühn aufopfernd zu der andern Rettung!

Drittes Bild.

Markgraf Wilhelm deckt mit eigener Aufopferung — eine Muskete in der Hand — den Rückzug der Franzosen bei Borisow.
27./28. November 1812 nachts.

Musik: Ein Trauermarsch.

—ᴧᴧᴠ—

Ein langer Friede folgte, doch Ihr wißt,
  Es kann der friedlichste nicht friedlich leben,
Wenn es dem bösen Nachbar nicht gefällt.
  Und als das Heerhorn zu dem siebz'ger Kriege
Mit grimmem Ton ganz Deutschlands Männer
                                aufrief,
Da zog auch unser Regiment zu Felde
Als viertes in der Badner Division.
Demütig stolz gedenk' ich jener Tage.
Mit uns war Gott und eigne Kraft — so ging
Es von Erfolgen vorwärts zu Erfolg!

Auch Dir, Prinz Wilhelm, ward von Gott die Gnade,
Die Deinigen zu Sturm und Sieg zu führen,
Dem Vaterland Dein teures Blut zu weihen
Und doch, geheilt, zu schauen den Triumph.

Wir mußten der Burgunder Hauptstadt decken,
Da kam ein starker Feind von der Loire
Und nahm bedrohlich Stellung bei Nuits.

Am Bahndamm war's ... Hartnäckig hielten sie
In zähem Widerstand die Schützengräben ...
Viel Brave lagen wund schon oder tot ...
Da traf ein feindlich Blei Dich durch die Wange
— Nur wenig Linien weiter: war's der Tod!

Dank Gott und Deiner hohen Frau Gemahlin,
Die hütend, helfend, heilend Dich gepflegt hat,
Daß Dich noch heut die lieben Kinder küssen,
Daß auf Dein Wohl und das der Frau Prinzessin
Ein gutes Glas des feurigen Burgunders
Noch heute trinkt Mülhausens Garnison!

Viertes Bild.

Episode aus dem Gefecht bei Nuits. Prinz Wilhelm, jetziger Chef wird beim siegreichen Sturm der ersten badischen Brigade auf den Eisenbahn-Einschnitt schwer verwundet, 18. Dezember 1870, 2¼ Uhr mittags.

Musik: Ich hatt' einen Kameraden.

(Prolog fortfahrend.)

Nun aber schaut, was unsrer Kämpfe Lohn!
(In feierlich bewegtem Ton.)
Was splittrig war, ein Bündel lose Reiser,
Das schirmt geeint nun unser Helden=Kaiser,
Er sorgt dafür, daß uns Europa kennt.
Was thatenlose Schwäche einst verloren,
Hat wachsam Schwert dem Reiche neu erkoren,
Der Rhein verkündet, was er einst getrennt!

Deutschland umschließt in kaum geahnter Schöne
Und waffentüchtig alle seine Söhne,
Sich selbst gehörig, einig, stark und frei.
Und frägt man nach den Tapfern, die das schufen,
So dürfen wir bescheidnen Stolzes rufen:
„Die Hundertzwölfer waren auch dabei!"

Scheint mancher auch mit manchem nicht zufrieden:
Mülhausen, spröde Stadt, die wir behüten,

Das Eis wird schmelzen, wenn die Stunde da;
Und was Du spinnst und webst mit fleiß'gen Händen,
Wirst Du dereinst zum schwarzen Weltteil senden,
Wo unsre Banner wehn, nach Afrika!

Schaut hin, dort steht Germania lichtumflossen,
Jedwedem, der für sie sein Blut vergossen,
Reicht dankend sie von ihrem Kranz ein Reis.
In ihrer Hand seh' ich den Lorbeer blinken,
Auch unsrem Chef seh' ich sie huldvoll winken,
Sie reicht ihm gern den wohlerstrittnen Preis.

Heil Dir, Prinz Wilhelm, und den Offizieren,
Die uns, wenn's gilt, zu neuen Siegen führen.
Gut Vorbild zündet: ja, wir folgen Euch!
Bereit wie Ihr, getreulich Blut und Leben
Dem Kriegsherrn und dem Vaterland zu geben —
Hurrah dem Kaiser und dem deutschen Reich!

Fünftes Bild.

Die sieggekrönte Germania vereinigt alle deutschen Stämme unter ihrem Schutz zu Arbeiten der Kultur und reicht dem Prinzen Wilhelm einen Lorbeerzweig.

Musik: Die Wacht am Rhein.

Das glückhafft Schiff.

(Kaisergruß auf Mainau.)

Das Konstanzer „Glückhafftige Schiff" landet auf Mainau in der Abendstunde. Die Allerhöchsten und Höchsten Herrschaften ergehen sich in dem Schatten der Ulmen am Hafen.

Prolog.

Gesprochen von der Befehlshaberin des Glückhafftigen Schiffes.

Verzeiht, daß wir so hohem Kreise nahen,
   Um dieses Abends weihevolle Stille
Mit Spiel und Festgetön zu unterbrechen.

Nicht wie im Lagerlärm des vorigen Jahres
   Kommt Kaiserliches Kriegsvolk feldgerüstet
Zur Sicherung des Ordenshauses Mainau
Vor Schwedenüberfall und Sturmangriff;
Zwar wehn auch heut blaugoldne Schwedenwimpel,
Doch längst beendet ist der dreißigjähr'ge,
Der schwere Krieg; .. nur eine Friedensfeier
Der schönsten Art führt friedlich uns heran:

Die rauhen Herrn der Schöpfung lassen heut
Das Regiment dem sanfteren Geschlecht,
Und Damen führen tapfer das Kommando
Zu Land wie Wasser. Unverzagt sind wir
Von Konstanz aus dem Hafen ausgelaufen,
Und unser Schiff, umschwärmt von leichten Gondeln,
Hält reichgeschmückt schon vor der Mainau Seebucht.

In der Geschütze Mund hat Blumensträuße
Gepflanzt die schmucke weibliche Besatzung,
Festflaggen sind am Mastbaum aufgehißt,
Ergebenheit und Treue lenkt die Ruder,
Und Liebe weist als Steuermann den Kurs.

Vergönnet nun, daß dieses bunte Volk
Das Land betrete, ausgeschifft sich rüste
Und aufwärts steigend zu den hohen Ulmen
Euch selber seines Kommens Zweck verkünde.
Ein Wink genügt! . . Dort auf des Hafens Damme
Stehn alle wohlgeordnet . . . Vorwärts denn!
Glückhafftig Schiff, entsende Deine Leute!

Die erste Sprecherin,

zur Prinzessin Viktoria von Baden gewendet:

Heut klingt zum Tanz der Wogen
Nur Festgesang und Scherz

Brautglück ist eingezogen,
Deß freut sich jedes Herz.
Nun strahlet wie vor alters
In Sonnengold und Blau
Der Frühlingsgottheit Maia
Geliebte Maienau.

Der erste Gruß, den unsre Scharen bringen,
Gilt Dir, Prinzessin, Dir und Deinem Glück!
Am schönen See, der Dich als Kind erwachsen,
Der Deiner Jugend frohe Spiele sah,
Bist Du emporgeblüht zur schmucken Rose
Und Deine Stirne schmückt ein fernes Land
Nun bald mit stolzem Königsdiadem.

Wir sind mit Dir als Kinder **einer** Heimat
Herangediehn und freu'n uns Deines Loses;
Fürwahr, ein hoh' Geschick wirst Du erfüllen.
Du selbst, der alten Dynastie verwandt —
Dein Bräutigam ein kräftiger Sproß der neuen:
So wird die Vorzeit mit der Gegenwart
In ihren Gegensätzen mild versöhnt,
Und manch ein altes Schwedenherz wird wärmer,
Wenn Kunde kommt von seiner Kronprinzessin,
Daß auch in ihren Adern Wasablut
Und ihre Ahnin schwedischen Geschlechts.

Nur Eines, Eines will uns fast betrüben,
Daß unser Gruß zugleich ein Abschied ist
Und daß der Mälarsee Dir balde näher,
Als unsres Bodan altvertraute Flut.

Drum möchten wir dem Königssohn aus Norden
Fast zürnen, daß dem Heimatland so schnell
Als kühner Wikingmann in Frithjofsart
Er unser Kleinod Wikky uns entführt.
Da tröstet nur: Er meint's so gut wie wir
Und wohl noch besser ... und Du willst's ja selbst!

Vertrauensvoll sind unsrer aller Herzen:
Er wird sie pflegen unsre zarte Blume,
Daß sie im Norden kräftig Wurzel schlage,
Und daß kein kalter Lustzug sie versehre;
Der Segen Gottes lenke seine Wege,
Daß als ein tapfrer Enkel Gustav Adolfs
Wenn Feinde drohn, in Schlachtgebraus und Sturm
Er ebenso, wie kosend in der Heimat,
Stets freudig rufen mag: Viktoria!

So wollen wir uns gerne dann bescheiden,
Daß wir die einzigen nicht sind der Treuen
Und daß wir unsre Liebe teilen müssen
Mit jenen, die im Schwedenland Dir hold
Und die auf Norwegs Felsen Dich verehren.

(Zwei Jungfrauen überreichen einen Kranz von Rosen.)

Das „glückhafft Schiff" gab diesen Kranz uns mit,
Viel wackre Hände haben ihn gewunden,
Und auf der Schleife, die die Blumen hält,
Steht: Gustav Oskar und Viktoria!

Die zweite Sprecherin,

zu Großherzog Friedrich und der Großherzogin Luise von Baden
gewendet:

Nicht ohne Rührung, hohes Elternpaar,
Sei Euch vom Land ein Glückwunsch dargebracht,
Daß Ihr des Glücks der Kinder Euch erfreuen dürft
Auf diesem Eiland, das Euch selber einst
Als jungfroh Brautpaar bei sich einziehn sah.
Noch rauscht die Welle in dem alten Murmeln,
Das damals Euch in süßen Schlummer wiegte,
Der eignen Jugend Abglanz strahlt Euch neu.
Bald denkt ganz Badenland des Ehrentags,
Der Euch vor fünfundzwanzig Jahren einte,
Und nicht vorgreifen darf ich heute schon
Im Juli dem, was der September bringt.

Wir rufen nur bewegt ein hell: „Glückauf"!
Des Myrtenkranzes Grün ist nicht verwelkt,
Er hat in edel Silber sich verwandelt,
Sein Grün lebt weiter als Erinnerung.

Und was der Myrte Ahnung und Symbol:
Familie — Hausstand — froher Kindersegen —
Das ist verwirklicht jetzt und Gegenwart.

Doch nicht ein Zufall ist's, daß Euch zur Seite
Der Tochter Glück das eigene verklärt:
Es ist der Lohn der pflichtgetreuen Arbeit,
Die fünfundzwanzig Jahre emsig schaffend
Das eigne Wohl im Wohl des Landes sucht.
„Wer säet, der erntet", sagt das alte Sprichwort!
„Was gut heranwächst, macht nicht viel Geräusch,
„Und w a s man säete, erntet man! Euch ist
„Auf gutem Erdreich gute Frucht gereift;
„Glückauf, glückauf! Ihr habt sie wohl verdient!"

(Körbchen mit Früchten werden überreicht.)

Die dritte Sprecherin.

Vertreter aller Stände, treten wir
In Ehrfurcht vor des Kaisers Majestät
Und grüßen ihn als Patriarchen heut,
Der hier, von Kind und Kindeskind umgeben,
Persönlich seines Hauses Wachstum schaut.
„Vom Fels zum Meer!" ist Hohenzollernwahlspruch,
Vom Fels zum Meer und übers Meer! darf jetzo
Der Enkelin Viktoria Sinnspruch heißen,
Denn die Verbindung, die zwei Herzen einigt,
Reicht weit hinüber über alles Ostmeer

Und wird zwei Reiche minniglich vereinen,
Daß keine Meerflut hindernd sie mehr trennt.

Sowie der Ahnherr segnend seine Hände
Ob Badens Zier und Schwedens Hoffnung breitet,
So hält Germania schirmend Schild und Schwert
Ob diesem Bund — und kriegsgeübtre Schiffe
Als unsres — halten glückhaft drüber Wacht.

Heil Kaiser Dir! Willkommen Majestät!
Willkommen an des Bodans blauen Fluten!
Wir wissen wohl, Ihr seht die Mainau gerne,
Ihr seid ihr Freund, nicht nur ein ferner Gast,
Und manch ein Ort in ihrer Schattenkühle
Ist Euch ein Sommerlieblingsplätzchen worden.

Drum ist auch unsre Huldigung vertraulich,
Nicht der Kommandostab gebietet heut,
Der Wehrstand bildet nur den festen Kern,
Um den sich Lehr= und Nährstand freudig schließen
Als Teil der großen deutschen Volksfamilie;
Wer vaterländisch denkt, stimmt mit uns ein,
Und nicht das Hurrah tapfrer Bataillone,
— Das „glückhafft Schiff", — der Damen Seeflottille
Entbeut Euch Gruß; aus Frauenmunde schallt es:
„Dem Schirmherrn Deutschlands an des Südens
                    Grenzmark,

Den nicht allein der goldne Siegerlorbeer,
Den auch des Eltervaters Pflicht erfreut —
Dem Deutschen Kaiser Wilhelm Glück und Heil!
„Heil seinen Kindern und den Kindeskindern!"

(Ein Alpenblumenstrauß wird überreicht.)

Epilog.

Gesprochen von der Sprecherin des Prologs.

So hab' ich als gestrenge Kommodorin
   Mannschaft und Frauschaft treulich vorgeführt
   Und fürchte kaum, daß mich die deutsche Flotte
   Ob mangelhafter Führung rügen wird.
   Schon senkt sich tief der Sonne goldne Scheibe
   Und Abendpurpur säumt der Berge Rand.
Zum Rückzug denn beruf' ich meine Treuen,
Wohlauf, an Bord! — Daß unsres Kaisers Ruhe
Beim Sonnenwendegang nicht mehr gestört sei.
Wohlauf an Bord! es mögen stille Sterne
Statt unsres Lärms nun ob der Mainau walten,
Und wer's versteht, der mag in ihrem Funkeln
Des hohen Brautpaars gute Zukunft lesen.

Doch schaut Ihr fern im See noch Feuerflimmer
Und unser Schiff in hellem Glanz aufflammen,

Dann denkt nicht an Verrats Torpedolücke!
Wir steuern glückhafft wie einst Nürnbergs Burggraf,
Als er in Konstanz sich den Kurhut holte.
Wir steuern glückhafft! Abglanz treuer Herzen . . .
Strahlt noch einmal Euch aus der Ferne zu
Und hundertfältig schallt nochmals der Ruf
Zum Sternenhimmel in der Sommernacht:
„Dem Deutschen Kaiser Wilhelm Glück und Heil!
Heil seinen Kindern und den Kindeskindern!"

Musik fällt ein, die Boote fahren ab unter Gesang und Beleuchtung.